EN CADA EJEMPLAR DE LA
COLECCIÓN CARA Y CRUZ EL
LECTOR ENCONTRARÁ DOS
LIBROS DISTINTOS Y COMPLE-
MENTARIOS · SI QUIERE LEER
*LA MUERTE DE
LAS CATEDRALES*
DE
MARCEL PROUST
EMPIECE POR ÉSTA, LA SEC-
CIÓN "CARA" DEL LIBRO · SI
PREFIERE AHORA CONOCER
ENSAYOS SOBRE LA OBRA Y SU
AUTOR, CITAS A PROPÓSITO DE
ELLOS, CRONOLOGÍA Y BIBLIO-
GRAFÍA, DELE VUELTA AL
LIBRO Y EMPIECE POR LA TAPA
OPUESTA, LA SECCIÓN "CRUZ".

LA MUERTE DE
LAS CATEDRALES

MARCEL PROUST

LA MUERTE DE
LAS CATEDRALES

SELECCIÓN: *Eduardo Peláez Vallejo*
TRADUCCIÓN: *José Cano Tembleque y Consuelo Berges*

COLECCIÓN

GRUPO EDITORIAL NORMA

Barcelona, Buenos Aires, Caracas,
Guatemala, México, Miami, Panamá, Quito, San José,
San Juan, San Salvador, Santafé de Bogotá, Santiago, São Paulo.

Título original: *Contre Sainte-Beuve*
Traducción de José Cano Tembleque, 1971,
reproducida con autorización de Edhasa Editorial

les plaisirs et les jours. Pastiches et mélanges
Traducción de Consuelo Berges,
1975, reproducida con autorización de Editorial Alianza

© de esta edición
EDITORIAL NORMA S. A. 1993
A. A. 53550 Santafé de Bogotá, Colombia
Impreso por Editorial Presencia
Impreso en Colombia - Printed in Colombia
Editor: Iván Hernández A.
Diseño de la colección y de carátula:
Interlínea Editores
Fotografía: Marcel Proust en 1896
Colección, Otto y Pirou.

1ª edición, febrero 1993
1ª reimpresión, febrero 1994
ISBN: 958-04-2126-9
C. C. 20018256

CONTENIDO

PREFACIO[*]

CADA DÍA atribuyo menos valor a la inteligencia. Cada día me doy más cuenta de que sólo desde fuera de ella puede volver a captar el escritor algo de nuestras impresiones, es decir, alcanzar algo de sí mismo y de la materia única del arte. Lo que nos facilita la inteligencia con el nombre de pasado no es tal. En realidad, como ocurre con las almas de difuntos en ciertas leyendas populares, cada hora de nuestra vida, se encarna y se oculta en cuanto muere en algún objeto material. Queda cautiva, cautiva para siempre, a menos que encontremos el objeto. Por él la reconocemos, la invocamos, y se libera. El objeto en donde se esconde —o la sensación, ya que todo objeto es en relación a nosotros sensación— muy bien puede ocurrir que no lo encontremos jamás. Y así es cómo existen horas de nuestra vida que nunca resucitarán. Y es que este objeto es tan pequeño, está tan perdido en el mundo, que hay muy pocas oportunidades de que se cruce en nuestro camino. Hay una casa de campo en donde he pasado varios veranos de mi vida. He pensado a veces en

---

*   Este texto y los ensayos *Sueños, Alcobas, Días, La condesa, Apellidos de personas* y *Vuelta a Guermantes*, hacen parte de Marcel Proust, *Ensayos literarios 1 y 2,* traducción de José Cano Tembleque, Edhasa, 1971. Título original: *Contre Sainte-Beuve.*

aquellos veranos, pero no eran ellos. Había grandes posibilidades de que quedaran muertos por siempre para mí. Su resurrección ha dependido, como todas las resurrecciones, de un puro azar. La otra tarde cuando volví helado por la nieve y no me podía calentar, habiéndome puesto a leer en mi habitación bajo la lámpara, mi vieja cocinera me propuso hacerme una taza de té, en contra de mi costumbre. Y la casualidad quiso que me trajera algunas rebanadas de pan tostado. Mojé el pan tostado en la taza de té, y en el instante en que llevé el pan tostado a mi boca y cuando sentí en mi paladar la sensación de su reblandecimiento cargada de un sabor a té, sufrí un estremecimiento, olor a geranios, a naranjos, una sensación de extraordinaria claridad, de dicha; permanecí inmóvil, temiendo que un solo movimiento interrumpiera lo que estaba pasando en mí y que yo no comprendía, aferrándome en todo momento a aquel pedazo de pan mojado que parecía provocar tantas maravillas, cuando de pronto cedieron, rotas, las barreras de mi memoria, y los veranos que pasé en la casa de campo que he dicho irrumpieron en mi conciencia, con sus mañanas, trayendo consigo el desfile, la carga incesante de las horas felices. Entonces me acordé: todos los días, cuando estaba vestido, bajaba a la habitación de mi abuelo que acababa de despertarse y tomaba su té. Mojaba un bizcocho y me lo daba a comer. Y cuando hubieron pasado aquellos veranos, la sensación del bizcocho reblandecido en el té fue uno de los refugios en donde habían ido a acurrucarse las horas muertas —muertas para la inteligencia— y en donde sin duda no las habría hallado nunca si esta tarde de invierno, cuando volvía helado de la nieve, mi cocinera no me hubiera ofrecido la bebida a que estaba ligada la resurrección, en virtud de un pacto mágico que yo desconocía.

Pero en cuanto probé el bizcocho, se trenzó en la tacita de té, como esas flores japonesas que no agarran más que en el agua, todo un jardín, hasta entonces impreciso y apagado, con sus alamedas olvidadas, macizo por macizo, con todas sus flores. Asimismo muchas de las jornadas de Venecia que la inteligencia no me había podido ofrecer estaban muertas para mí, hasta que el año pasado, al atravesar un patio, me paré en seco en medio del empedrado desigual y brillante. Los amigos con los que me encontraba temieron que hubiese resbalado, pero les hice señas de que siguieran su camino, que ya me reuniría con ellos; un objeto más importante me ataba, aún no sabía cuál, pero en el fondo de mí mismo sentía estremecerse un pasado que no reconocía: fue al poner el pie sobre el empedrado cuando sufrí esa turbación. Sentía una dicha que me invadía, y que iba a enriquecerme con esa sustancia pura hecha de nosotros mismos que representa una impresión pasada, de la vida pura conservada pura (y que no podemos conocer más que conservada, pues en el momento en que la vivimos no acude a nuestra memoria sino rodeada de sensaciones que la eliminan), y que sólo pedía la liberación, venir a aumentar mis tesoros de poesía y de vida. Pero yo no me sentía con fuerzas bastantes para liberarla. ¡Ah!, la inteligencia no me hubiese servido de nada en un momento semejante. Deshice unos cuantos pasos para volver de nuevo a hollar adoquines desiguales y brillantes para intentar tornar al mismo estado. Se trataba de la misma sensación en el pie que había experimentado al pisar el pavimento algo desigual y liso del baptisterio de San Marcos. La sombra que se dejaba caer aquel día sobre el canal en donde me aguardaba una góndola, toda la dicha, toda la riqueza de esas horas, se precipitaron tras aquella sensación reconocida, y aquel mismo día revivió para mí.

No sólo la inteligencia no puede ayudarnos a esas resurrecciones, sino que incluso estas horas del pasado no van a guarnecerse más que en objetos en donde la inteligencia no ha tratado de encarnarlos. En los objetos con los que has intentado establecer conscientemente relaciones con las horas que viviste no podrá hallar asilo. Y además, si alguna otra cosa puede resucitarlas, aquéllos, cuando renazcan con ella, estarán desprovistos de poesía.

Recuerdo que un día de viaje, desde la ventana del vagón, me esforzaba por extraer impresiones del paisaje que pasaba ante mí. Escribía mientras veía pasar el pequeño cementerio aldeano, notaba barras luminosas de sol descendiendo sobre los árboles, las flores del camino parecidas a las del *Lys dans la vallée*. Luego, rememorando aquellos árboles listados de luz, aquel pequeño cementerio aldeano, trataba de evocar aquella jornada, quiero decir aquella jornada *misma* y no su frío fantasma. No lo conseguía nunca, y ya había renunciado a conseguirlo, cuando al desayunar el otro día dejé caer mi cuchara sobre el plato. Entonces se produjo el mismo sonido que el del martillo de los guardagujas que golpeaban aquel día las ruedas del tren en las paredes. En el mismo instante, el momento quemante y deslumbrador en que aquel ruido tintineaba revivió en mí, y toda aquella jornada con su poesía, de la que sólo se exceptuaban, ganados para la observación voluntaria y perdidos para la resurrección poética, el cementerio de la aldea, los árboles listados de luz y las flores balzacianas del camino.

En ocasiones, por desgracia, encontramos el objeto, la sensación perdida nos hace estremecer, pero ha transcurrido demasiado tiempo, no podemos definir la sensación, requerirla, no resucita. Al cruzar el otro día una oficina, un trozo de tela verde que tapaba una parte de la vidriera rota me hizo detener de pronto, escuchar dentro de mí. Me llegó un resplandor de verano. ¿Por qué? Traté de acordarme. Vi avispas en un rayo de sol, un olor de cerezas en la mesa, y no pude acordarme. Durante un instante fui como esos durmientes que al levantarse durante la noche no saben dónde están, tratan de orientar su cuerpo para tomar conciencia del lugar en que se encuentran, sin saber en qué cama, en qué casa, en qué lugar de la tierra, en qué momento de su vida se encuentran. Hallándome así vacilé un instante, buscando a tientas en torno al recuadro de tela verde, los lugares, el tiempo en donde debía situarse mi recuerdo que apenas despuntaba. Vacilé a un tiempo entre todas las sensaciones confusas, conocidas u olvidadas de mi vida; aquello no duró más que un instante. Inmediatamente no vi ya nada. Mi recuerdo se había adormecido para siempre.

Cuántas veces, durante un paseo, me han visto así amigos, detenerme ante una alameda que se abría frente a nosotros, o ante un conjunto de árboles, pidiéndoles que me dejaran solo un momento. Todo en vano; para conseguir nuevas fuerzas en mi búsqueda del pasado, a pesar de cerrar los ojos, de no pensar ya en nada, de abrirlos luego de repente, para tratar de volver a ver estos árboles como la primera vez, no lograba saber dónde los había visto. Reconocía su forma, su disposición, la línea que trazaban parecía calcada de algún misterioso dibujo amado, que se agitaba en mi corazón. Pero no podía añadir más, incluso ellos, con su actitud natural y apasionada, parecían expresar su pena por no poderse expresar, por no poderme contar el secreto que sabían, aunque yo no podía desvelarlo. Fantasmas de un pasado querido, tan querido que mi corazón latía como si fuera a estallar, me tendían brazos impotentes, como esas sombras que Eneo encuentra en los infiernos. ¿Estaba ubicado en los paseos por la ciudad donde discurrió mi infancia feliz, se hallaba sólo en ese país imaginario en donde soñé luego con mamá tan enferma, junto a un lago, en un bosque en donde se veía durante toda la noche, país sólo soñado, pero casi tan real como el país de mi infancia, que no era ya más que un sueño? Nunca lo sabré. Y tenía que reunirme con mis amigos, que me esperaban en el recodo del camino, con la angustia de volver la espalda para siempre a un pasado que no volvería a ver, de renegar de los muertos que me tendían brazos impotentes y amorosos, y parecían decirme: Resucítanos. Y antes de reemprender la charla, me volví aún un momento para echar una mirada cada vez menos penetrante en dirección a la línea curva y huidiza de los árboles expresivos y callados que todavía serpeaba ante mis ojos.

Junto a ese pasado, esencia íntima de nosotros mismos, las verdades de la inteligencia se nos antojan bien poco reales. Por eso cuando, sobre todo a partir del momento en que desfallecen nuestras fuerzas, nos dirigimos hacia todo aquello que puede ayudarnos a encontrarlo, deberíamos ser poco comprendidos por esas personas inteligentes que ignoran que el artista vive solo, que el valor absoluto de las cosas que ve no le importa, que la escala de valores no puede residir más que en uno mismo. Puede suceder que una representación musical detestable de un teatro de provincias, un baile que las personas de gusto consideran ridículo, evoquen recuerdos en él, se relacionen con él dentro de un orden de ensueños y de inquietudes, más que una ejecución admirable en la Ópera, una velada de extraordinaria elegancia en el *faubourg* Saint-Germain. El nombre de las estaciones en una guía de ferrocarriles, en donde gustará imaginar que desciende del vagón en una tarde de otoño, cuando los árboles están ya desnudos de sus hojas y huelen intensamente en el aire fresco, un libro insípido para las gentes de gusto, lleno de nombres que no ha oído desde la infancia, pueden representar para él un valor distinto a los estupendos libros de filosofía, y llevan a decir a las gentes de gusto que para ser un hombre de talento, tiene gustos muy tontos.

Quizá sorprenda que, prestando poca atención a la inteligencia, haya señalado como tema de las pocas páginas que seguirán precisamente algunas de esas observaciones que nos sugiere nuestra inteligencia, en contradicción con las trivialidades que oímos decir o que leemos. En un momento en que quizá mis horas estén contadas (además, ¿no las tienen contadas todos los hombres?), acaso resulte frívolo hacer una labor intelectual. Pero por un lado, aunque las verdades de la inteligencia son menos preciosas que esos secretos del sentimiento de los que hablé hace un rato, también encierran su interés. Un escritor no es sino un poeta. Incluso los más grandes de nuestro siglo, dentro de nuestro mundo imperfecto en donde las obras maestras del arte no son más que residuos del naufragio de grandes inteligencias, han rodeado de una trama de inteligencia las joyas de sentimiento en la que éstas no aparecen más que de vez en cuando. Y si se cree que respecto a este punto importante puede verse cómo se equivocan los mejores de nuestro tiempo, llega un momento en que uno se sacude la pereza y experimenta la necesidad de decirlo. El método de Sainte-Beuve puede que no resulte a primera vista un asunto tan importante. Pero conforme vayan discurriendo estas páginas puede que se vea uno inducido a percatarse de que guarda relación con muy importantes problemas intelectuales, quizá con el que más importancia reviste para un artista, con esa inferioridad de la inteligencia de que hablaba al principio. Y después de todo, esa inferioridad de la inteligencia es preciso pedirle que la fije la inteligencia. Efectivamente, si la inteligencia no merece el máximo galardón, ella es la única capaz de concederlo. Y si conforme a la jerarquía de las virtudes no cuenta más que con un segundo lugar, no hay nadie más que ella capaz de proclamar que es el instinto quien debe ocupar el primero.

SUEÑOS

En tiempos de aquella mañana cuyo recuerdo quiero fijar sin saber por qué, estaba ya enfermo, permanecía en pie toda la noche, me acostaba por la mañana y dormía durante el día. Pero en aquel entonces todavía estaba muy cerca de mí una época que esperaba ver volver, y que hoy me parece que la ha vivido otra persona, en la que me metía en la cama a las diez de la noche y, tras algún breve despertar, dormía hasta la mañana siguiente. A menudo, apenas se apagaba mi lámpara, me dormía tan de prisa que no tenía ni tiempo para decirme que ya me dormía. Y media hora después, me despertaba la idea de que ya era hora de dormirme, quería soltar el periódico que se me antojaba tener aún entre las manos, diciéndome "Ya es hora de apagar la lámpara e ir en busca del sueño", y me maravillaba mucho de no ver a mi alrededor más que una oscuridad que todavía no era quizá tan descansada para mis ojos como para mi espíritu, a quien le aparecía como algo sin razón e incomprensible, como algo verdaderamente oscuro.

Volvía a encender, miraba la hora: todavía no era medianoche. Oía el silbido más o menos lejano de los trenes, que señala la extensión de los campos desiertos por donde se apresura el viajero que va por una carretera a la próxima estación, en una de esas noches bañadas por el claro de luna, plasmando en su recuerdo el placer compartido con los amigos que acaba de dejar, el placer del regreso. Apoyaba mis mejillas contra las hermosas mejillas de la almohada que, siempre repletas y frescas, son como las mejillas de nuestra infancia a la que nos aferramos. Volvía a encender un instante para mirar mi reloj; todavía no era medianoche. Éste es el momento en que el enfermo que pasa la noche en una posada desconocida y que se despierta presa de una crisis pavorosa, se regocija al advertir una rayita de luz por debajo de la puerta. ¡Qué felicidad! Ya es de día, dentro de un momento se levantarán los de la pensión, podrá llamar, acudirán a prestarle ayuda. Padece con paciencia su sufrimiento. Precisamente ha creído escuchar un paso… En este momento la raya de luz que brillaba bajo la puerta desaparece. Es medianoche, se acaba de apagar el gas que había confundido con la luz de la mañana, y habrá que estarse la larga noche sufriendo intolerablemente sin ayuda.

Apagaba, me volvía a dormir. Algunas veces, como Eva nació de una costilla de Adán, una mujer nacía de una mala postura de mi pierna; surgida del placer que yo estaba a punto de disfrutar, me figuraba que era ella la que me lo ofrecía. Mi cuerpo que sentía en ella su propio calor quería unirse a ella, y yo me despertaba. Los demás mortales se me antojaban como algo muy remoto comparados con aquella mujer a la que acababa de dejar, aún tenía la mejilla caliente por sus besos, el cuerpo derrengado por el peso de su cuerpo. Poco a poco se desvanecía el recuerdo, y había olvidado la muchacha de mi sueño con la misma celeridad que si hubiese sido una verdadera amante. Otras veces me paseaba durmiendo por esos días de nuestra infancia, percibía sin esfuerzo esas sensaciones que desaparecieron para siempre con el décimo año, y que tanto querríamos conocer de nuevo en su insignificancia, como cualquiera que no pudiese volver a ver ya jamás el verano experimentaría la propia nostalgia del ruido de las moscas en la habitación, que anuncia el sol caliente de fuera, incluso el zumbido de los mosquitos que anuncia la noche perfumada. Soñaba que nuestro viejo cura iba a tirarme de los bucles, lo que había sido el terror, la dura ley de mi infancia. La caída de Cronos, el descubrimiento de Prometeo, el nacimiento de Cristo, no habían podido librar del peso del cielo a la humanidad hasta entonces humillada, como lo había hecho el corte de mis bucles, que se había llevado consigo para siempre la aterradora aprensión. En realidad, llegaron otras penas y otros miedos, pero el eje del mundo había cambiado de centro. Al dormir volvía a entrar con facilidad en aquel mundo de la antigua ley, y no me despertaba hasta que, habiendo intentado escapar en vano al pobre cura, muerto desde hacía tantos años, sentía que me tiraban con fuerza de los bucles por detrás. Y antes de reanudar el sueño, haciéndome bien presente que el cura había muerto y que yo tenía el cabello corto, ponía sin embargo buen cuidado de construirme con la almohada, la manta, mi pañuelo y la pared un nido protector, antes de regresar al mundo fantástico en el que a pesar de todo vivía el cura, y yo tenía bucles.

Las sensaciones que tampoco tornarían más que en sueños caracterizan los años que quedaron atrás y, por poco poéticas que sean, se cargan de toda la poesía de esa edad, de la misma forma que nada está más lleno del tañido de las campanas de Pascua y de las primeras violetas que esos últimos fríos del año que estropean nuestras vacaciones y obligan a encender el fuego durante el desayuno. No me atrevía a hablar de esas sensaciones, que retornaban algunas veces durante mi sueño, si no apareciesen casi revestidas de poesía, separadas de mi vida presente, y blancas como esas flores de agua cuya raíz no agarra en tierra. La Rochefoucauld dijo que sólo son involuntarios nuestros primeros amores. Lo mismo sucede con esos placeres solitarios que no nos sirven luego más que para burlar la ausencia de una mujer, para figurarnos que *ella* está con nosotros. Pero a los doce años, cuando me iba a encerrar por primera vez en el retrete situado en la parte alta de nuestra casa de Combray, donde pendían collares de semillas de lirio, lo que yo iba a buscar era un placer desconocido, original, que no era la sustitución de otro.

Para ser un retrete era una habitación muy grande. Cerraba con llave a la perfección, pero la ventana permanecía siempre abierta, dejando paso a una joven lila que había crecido en la pared exterior y había metido su olorosa cabeza por el resquicio. Allí tan alto (en el desván de la quinta), estaba absolutamente solo, pero esta apariencia de hallarme al aire libre añadía una deliciosa turbación al sentimiento de seguridad que a mi soledad prestaban los fuertes cerrojos. La exploración que entonces hice de mí mismo en busca de un placer que ignoraba no me habría proporcionado más sobresalto, ni pavor, si se hubiera tratado de practicar una operación quirúrgica incluso en mi médula y mi cerebro. En todo instante creía que iba a morir. Pero, ¡qué me importaba!, mi pensamiento exaltado por el placer se daba cuenta de que era más vasto, más poderoso que este universo que percibía por la ventana a lo lejos, de cuya inmensidad y eternidad solía pensar con tristeza que yo no constituía más que una porción efímera. En aquel momento, por muy lejos que las nubes se agolparan por encima del bosque sentía que mi espíritu aún iba un poco más allá, no estaba repleto del todo por ella. Sentía cómo mi mirada poderosa llevaba en las niñas de los ojos, a modo de simples reflejos carentes de realidad, hermosas colinas abombadas que se alzaban como senos a ambos lados del río. Todo eso se detenía en mí, yo era más que todo eso, yo no podía morir. Tomé aliento un instante; para tomar asiento sin que me molestara el sol que lo calentaba, le dije: "Quita de ahí, pequeño, que voy a ponerme yo", y corrí el visillo de la ventana, pero la rama de la lila no me dejaba cerrar. Por último ascendió un brote opalino en impulsos sucesivos, como cuando surge el surtidor de Saint-Cloud que podemos reconocer —pues en el manar incesante de sus aguas tiene la individualidad que traza con gracia su curva sólida— en el retrato que dejó Humbert Robert, aunque la multitud que lo admiraba tenía...[1] que producen en el cuadro del viejo maestro pequeñas valvas rosadas, rojizas o negras.

En aquel instante sentí como una ternura que me envolvía. Era el olor de la lila que en mi exaltación había dejado de percibir y que llegaba ahora a mí. Pero un olor ocre, un olor de savia se mezclaba como si yo hubiese tronchado la rama. Sólo había dejado sobre la hoja un rastro plateado y natural, como deja un hilo de araña, o un caracol. Pero en aquella rama, me

---

1. Laguna en el manuscrito.

parecía como el fruto prohibido del árbol del mal. Y como los pueblos que atribuyen a sus divinidades formas no organizadas, fue bajo la apariencia de hilo plateado del que se podía tirar casi indefinidamente sin ver su cabo, y que debía yo extraer de mí mismo a contrapelo de mi vida natural, como a partir de entonces me representé yo durante algún tiempo al diablo.

A pesar del olor de rama tronchada, de ropa mojada, lo que prevalecía era el suave olor de las lilas. Venía a mi encuentro como todos los días, cuando iba a jugar al parque situado fuera de la ciudad, mucho antes incluso de haber percibido de lejos la puerta blanca junto a la que balanceaban, como viejas damas bien formadas y amaneradas, su talle florido, su cabeza emplumada, el olor de las lilas llegaba frente a nosotros, nos daba la bienvenida en el caminillo que bordeaba de abajo arriba el río, en donde los rapazuelos ponen botellas en la corriente para coger pescado, brindando una doble idea de frescor porque no sólo contienen agua, como en una mesa donde le dan el aspecto del cristal, sino que son contenidas por ella y reciben una especie de liquidez, allí donde se aglomeraban los renacuajos en torno a las pequeñas bolas de pan que arrojábamos, como una nebulosa viva, hallándose todos un momento antes en disolución e invisibles dentro del agua, poco antes de atravesar el puentecillo de madera en cuya rinconada, con el buen tiempo, un pescador con sombrero de paja se abría camino entre los ciruelos azules. Saludaba a mi tío que seguramente lo conocía, y nos hacía señales de que no hiciéramos ruido. Y sin embargo nunca he sabido quién era, nunca lo encontré en la ciudad, y así como hasta el cantante, el pertiguero y los niños del coro llevaban, cual los dioses del Olimpo, una existencia menos gloriosa de la que yo les atribuía en cuanto herréro, lechero, e hijo de tendero, en cambio, al igual que nunca había visto al jardinerillo de estuco que había en el jardín del notario más que entregado siempre a obras de jardinería, nunca vi al pescador más que pescando, en la estación en la que el camino se espesaba con las hojas de los ciruelos, con su chaqueta de alpaca y su sombrero de paja, en el momento mismo en que las campanas y las nubes deambulaban ociosas por el cielo vacío, en que las carpas ya no pueden soportar por más tiempo el tedio de la hora, y con una sofocación nerviosa saltan apasionadamente por los aires a lo desconocido, en donde las amas de llaves miran su reloj para decir que todavía no ha llegado la hora de merendar.

ALCOBAS

Sɪ ᴀ ᴠᴇᴄᴇs volvía con facilidad mientras dormía a esa edad en donde se tienen miedos y placeres que hoy no existen, la mayoría de las veces me dormía sumido en inconsciencia similar a la de la cama, los sillones y todo el cuarto. Y únicamente me despertaba durante el momento, como una pequeña porción de todo lo que dormía, en que pudiese tomar por un instante conciencia del sueño total y saborearlo, oír los crujidos del enmaderado que no se perciben, más que cuando la habitación duerme, enfocar el caleidoscopio de la oscuridad, y volver muy pronto a sumarme a esa insensibilidad de mi cama sobre la que extendía mis miembros como una viña sobre el emparrado. Durante esos breves despertares yo no era más que lo que serían una manzana o un tarro de confitura que, en la tabla en donde se los coloca, adquiriesen por un instante una vaga conciencia y que, habiendo comprobado que reina la oscuridad en el aparador y que la madera suena, no tuviesen mayor inquietud que la de volver a la deliciosa insensibilidad de otras manzanas y otros tarros de confitura.

Incluso a veces era mi sueño tan profundo, o me había cogido tan de improviso, que perdía la noción del lugar donde me encontraba. Me pregunto en ocasiones si la inmovilidad de las cosas que nos rodean no les ha sido impuesta por nuestra certidumbre de que ellas son esas cosas y no otras. Siempre sucedía que cuando me despertaba sin saber dónde estaba, todo giraba en torno mío en la oscuridad, las cosas, los países, los años.

Mi costado, demasiado entumecido aún para poder moverse, trataba de adivinar su orientación. Todas las que había tenido desde mi infancia venían sucesivamente a su memoria obnubilada, reconstruyendo a su alrededor los lugares en donde me había acostado, esos mismos lugares en los que no había vuelto a pensar desde hacía años, en los que jamás hubiera vuelto acaso a pensar hasta el último momento de mi vida, lugares sin embargo que quizá no hubiera debido olvidar. Mi costado se acordaba de la alcoba, de la puerta, del pasillo, del pensamiento con que uno encuentra el sueño, y con el que vuelve a encontrarse al despertar. La situación de la cama le hacía recordar el lugar del crucifijo, el aliento de alcoba de este dormitorio en casa de mis abuelos, en aquel entonces en que aún había alcobas y padres, un momento para cada cosa, en el que no se quería a los padres porque se les creyese inteligentes, sino porque eran los padres, en el que uno iba a acostarse, no porque lo deseara, sino porque era el momento, y en el que se revelaba la voluntad, la aceptación y todo el ceremonial del dormir ascendiendo por dos peldaños hasta la gran cama que se encerraba entre las cortinas de reps azul con franjas de terciopelo azul estampado, y cuando la medicina antigua, si se estaba enfermo, te dejaba varios días y noches con una mariposa sobre la chimenea de mármol de Siena, sin medicamentos inmorales que permitan levantarse y creer que se puede llevar la vida de un hombre de buena salud cuando se está enfermo, sudando bajo los cobertores gracias a tisanas inocentes que traen consigo las flores y la sabiduría de los prados y las viejas desde hace dos mil años. Mi costado creía yacer en aquella cama, y en seguida había vuelto a encontrar mi pensamiento de entonces, el que nos viene primero a la mente en el instante en que se distiende, ya era hora de que me levantase y de que encendiera la lámpara para aprender una lección antes de ir al colegio, si no quería sufrir un castigo.

Pero otra actitud acudía a la memoria de mi costado; mi cuerpo se volvía para tomarla, la cama había cambiado de dirección, el cuarto de forma: era esta habitación tan alta, tan estrecha, esa habitación en forma de pirámide a donde había venido a acabar mi convalecencia en Dieppe, y a cuya forma le había costado tantos esfuerzos a mi alma habituarse, las dos primeras noches, pues nuestra alma está obligada a llenar y repintar todo nuevo espacio que se le ofrece, a esparcir en ella sus perfumes, a concertar con ella sus resonancias, y hasta que eso no sucede, sé lo que puede sufrirse las primeras noches mientras nuestra alma está sola y debe aceptar el color del sillón, el tic-tac del péndulo, el olor del cubrepiés, e intentar sin conseguirlo, distendiéndose, estirándose y encogiéndose, captar la forma de una habitación en forma de pirámide. Pero si estoy en esta habitación y convaleciente, ¡mamá está acostada junto a mí! No oigo el ruido de su respiración, ni tampoco el ruido del mar… Pero mi cuerpo ha evocado ya otra postura: no está acostado sino sentado. ¿En dónde? En un sillón de mimbre en el jardín de Auteuil. No, hace demasiado calor: en el salón del club de juego de Évian, en donde habrán apagado las luces sin darse cuenta de que me había dormido... Pero las paredes se acercan, mi sillón da media vuelta y se adosa a la ventana. Estoy en mi cuarto de la quinta de Réveillon. He subido, como de costumbre, a descansar antes de la cena; me habré dormido en mi sillón; quizás haya terminado la cena.

* * *

NADIE se habría molestado por eso. Ya han transcurrido muchos años desde la época en que vivía con mis abuelos. En Réveillon no se cenaba hasta las nueve, al volver del paseo, que se iniciaba aproximadamente en el momento en que yo volvía antaño de paseos más largos. Otro placer más misterioso ha sucedido al placer de volver a la quinta cuando se destacaba contra el cielo rojo, que volvía también roja el agua de los estanques, y de leer una hora a la luz de la lámpara antes de cenar a las siete. Partíamos al caer la noche, atravesábamos la calle principal del pueblo; acá y allá una tienda iluminada desde el interior como un acuario y llena de la luz untuosa y pajiza de la lámpara, nos mostraba a través de sus vidrieras personajes prolongados por grandes sombras que se trasladaban con lentitud dentro del licor de oro, y que, ignorando que las mirábamos, ponían toda su atención en representar para nosotros las escenas luminosas y secretas de su vida corriente y fantástica.

Luego llegaba yo a los campos; en una mitad se había extinguido el ocaso, en la otra la luna brillaba ya. El claro de luna las llenaba al punto por entero. No encontrábamos más que el triángulo irregular, azulado y móvil de los corderos que volvían. Avanzaba yo como una barca que navega en solitario. En ese momento, seguido de mi estela de sombra, había cruzado, y luego dejado tras de mí, un espacio encantado. A veces me acompañaba la señora de la quinta. Pronto dejábamos atrás campos cuyos límites no alcanzaban mis más largos paseos de antes, mis paseos de la tarde; dejamos atrás aquella iglesia, aquel castillo del que nunca había conocido más que el nombre, que me parecía que no podía hallarse como no fuera en un plano del Sueño. El terreno cambiaba de aspecto, había que subir, bajar, escalar collados, y en ocasiones, al descender al misterio de un valle profundo, tapizado por el claro de luna, nos deteníamos un instante, mi compañera y yo, antes de descender a aquel cáliz opalino. La dama indiferente decía una de aquellas palabras por las que me veía de repente situado sin yo saberlo en su vida, en la que yo no habría creído que hubiera entrado para siempre, y de donde en la mañana del día en que abandonaba el castillo ya me hubiera hecho salir.

De esta forma, mi costado dispone a su alrededor alcoba tras alcoba, las de invierno, cuando se desea estar aislado del exterior, cuando se mantiene el fuego encendido toda la noche, o se conserva sobre los hombros una capa oscura y ahumada de aire caliente, atravesada por resplandores, las de verano cuando se desea estar unido a la dulzura de la naturaleza, cuando se duerme, una habitación en donde dormía yo en Bruselas y cuya forma era tan alegre, tan amplia y sin embargo tan cerrada, que se sentía uno oculto como si estuviera en un nido y libre como en todo un mundo.

Esta evocación no ha durado más que unos segundos. Todavía un instante me siento en una cama estrecha entre otras camas de la alcoba. Todavía no ha sonado el despertador y habrá que levantarse de prisa para tener tiempo de ir a beber un vaso de café con leche en la cantina antes de salir al campo, en marcha, con la música en la mente.

La noche se acababa mientras que por mi recuerdo desfilaban con lentitud las diversas alcobas entre las que mi cuerpo, dudando del lugar en que se había despertado, había vacilado antes de que mi memoria le permitiera asegurar que estaba en mi cuarto actual. Lo había reconstruido por entero e inmediatamente, pero a partir de su propia posición tan incierta había calculado mal la posición del conjunto. Había comprobado que a mi alrededor estaban aquí la cómoda, la chimenea allí y más lejos la ventana. De pronto vi, por encima del lugar que había asignado a la cómoda la luz del sol que había salido.

DÍAS

SEGÚN que sea más o menos claro este débil rayo por encima de las cortinas, me indica el tiempo que hace, e incluso antes de decírmelo me señala su tono, pero ni siquiera lo necesito. Vuelto todavía contra la pared y antes incluso de que haya aparecido, por el sonido del primer tranvía que se acerca y por su campanilla, puedo afirmar si rueda con resignación bajo la lluvia, o si está a punto de volar hacia el azur, pues no sólo le brinda su atmósfera cada estación, sino cada clase de tiempo, como un instrumento concreto en el que ejecutará la tonadilla siempre parecida de su rodar y de su campanilla; y esa misma tonadilla no sólo llegará a nosotros distinta, sino que tomará un color y un significado, expresando un sentimiento totalmente distinto, si se ensordece como un tambor de bruma, se fluidifica y canta como un violín, plenamente dispuesto entonces a recibir esa orquestación coloreada y ligera en la atmósfera en la que el viento hace discurrir sus arroyos, o si corta con el silbido de un pífano el hielo azul de un tiempo soleado y frío.

Los primeros ruidos de la calle me traen el tedio de la lluvia en donde se hielan, la luz del aire gélido en donde vibran, el descenso de la niebla que los apaga, la suavidad y las bocanadas de un día tempestuoso y tibio, en donde el leve aguacero apenas los moja, enjugado pronto por una bocanada de aire o el calor de un rayo de sol.

Aquellos días, sobre todo si el viento hace oír una llamada irresistible por el hueco de la chimenea, que me hace latir el corazón con más fuerza que a una muchacha el rodar de los coches que van al baile adonde no ha sido invitada, o el sonido de la orquesta que se oye por la ventana abierta, querría haber pasado la noche en tren, llegar al amanecer a alguna ciudad de Normandía, Caudebec o Bayeux, que me aparece bajo su nombre y campanario antiguos como bajo la cofia tradicional de la campesina *cauchoise* o el tocado de encajes de la reina Matilde, y salir enseguida de paseo a la orilla del mar embravecido, hasta la iglesia de los pescadores, protegida moralmente de las olas que parecen brillar todavía en la transparencia de las vidrieras en donde ponen en marcha la flota azul y púrpura de Guillermo y los guerreros, y retirarse para guardar entre su oleaje circular y verde esa cripta submarina de silencio ahogado y de humedad en donde un poco de agua se estanca todavía aquí y allá en los huecos de la piedra de las pilas de agua bendita.

Y el tiempo que hace no necesita más que del color del día, de la sonoridad de los ruidos de la calle, para que se me manifieste y me conduzca a la estación y el clima de los que parece mensajero. Al percibir la calma y la lentitud de comunicaciones y de intercambios que reinan en la pequeña ciudad interior de nervios y vasos que llevo dentro de mí, sé que llueve, y querría estar en Brujas donde, junto al horno rojo como un sol de invierno, las pollitas cebadas, las de agua, el cerdo, se cocerían para mi almuerzo como en un cuadro de Breughel.

Una vez he sentido, entre sueños, esa pequeña muchedumbre de mis nervios activa y despierta mucho antes que yo, me froto los ojos, miro la hora para ver si tengo tiempo de llegar a Amiens, para ver su catedral cerca de la Somme helada, sus estatuas resguardadas del viento por las cornisas adosadas a su pared de oro dibujar al sol de mediodía un cuadro de sombras.

Pero los días de bruma querría levantarme por primera vez en un castillo que no hubiese visto más que de noche, levantarme tarde, y tiritando metido en mi camisón, volviendo alegremente a abrasarme cerca de una gran lumbre en la chimenea, junto a la que viene a calentarse sobre la alfombra el helado sol de invierno, vería por la ventana un espacio de aspecto desconocido, y entre las alas del castillo, de aspecto tan hermoso, un amplio patio en donde los cocheros empujan a los caballos que al poco nos conducirán al bosque a ver los estanques y el monasterio, mientras que la señora ya levantada recomienda que no se haga ruido para no despertarme.

A veces, una mañana primaveral perdida en el invierno, cuando la carraca del pastor de cabras resuena con más claridad en el azur que la flauta de un pastor de Sicilia, querría pasar el San Gotardo nevado y descender a la Italia florida. Y tocado ya por aquel rayo de sol matutino, me eché de la cama, hice mil danzas y gesticulaciones felices que compruebo en el espejo, digo con alegría palabras que nada tienen de afortunado, y canto, pues el poeta es como la estatua de Memmón: basta un rayo de sol que se eleva para que cante.

* * *

CUANDO los hombres que llevo en mi interior, uno sobre todo, han sido reducidos al silencio, cuando el extremado sufrimiento físico o el sueño los ha derribado uno tras otro, el que queda el último, el que siempre permanece en pie, es, Dios mío, uno que se parece exactamente a ese capuchino que en tiempos de mi infancia tenía los ópticos tras el cristal de su escaparate y que abría su paraguas si llovía y echaba atrás su capucha si hacía buen tiempo. Si hace buen tiempo por muy herméticamente cerrados que estén mis postigos, mis ojos pueden estar próximos a una crisis terrible motivada precisamente por el buen tiempo, por una bonita bruma combinada con el sol que me hace jadear, puede privarme casi de la conciencia a fuerza de dolor, privarme de toda posibilidad de hablar, no puedo seguir hablando, no puedo seguir pensando, y ni siquiera tengo ánimo para formular el deseo de que la lluvia ponga fin a mi crisis. Entonces, en ese gran silencio de todo que domina el ruido de mis resuellos, oigo en lo más profundo de mí mismo una vocecilla alegre que dice: hace buen tiempo —hace buen tiempo—, me resbalan lágrimas de dolor por los ojos, no puedo hablar, pero si pudiese recobrar por un instante el aliento cantaría, y el pequeño capuchino de óptico, que es lo único que he seguido siendo, echa atrás su capucha y anuncia el sol.

* * *

DEL MISMO modo, cuando adopté más tarde la costumbre de permanecer levantado toda la noche y de quedarme en cama durante el día, la sentía cerca de mí sin verla, con un ansia tan viva por ella y por la vida, que no podía satisfacerla. Desde los primeros tañidos leves de las campanas, apenas espaciados, del ángelus de la mañana que cruzan el aire, débiles y raudos, como la brisa que precede la llegada del día, esparcidos como las gotas de una lluvia matutina, hubiera querido gozar el placer de quienes salen de excursión antes de despuntar el día, son puntuales a la cita en el patio de un hotelito de provincia, y que pasean nerviosamente esperando que se enganche el coche, muy orgullosos de hacer ver a quienes no habían creído en su promesa de la víspera que se habían levantado a tiempo. Tendremos buen tiempo. En los hermosos días de verano el sueño de la tarde tiene el encanto de una siesta.

¡Qué importaba que estuviese acostado, con las cortinas echadas! Con una sola de sus manifestaciones de luz o de olor sabía qué hora *era,* no en mi imaginación sino en la realidad presente del tiempo, con todas las posibilidades de vida que ofrecía al hombre, no una hora soñada sino una realidad en la que yo participaba como un grado más añadido a la verdad de los placeres.

No salía, no comía, no abandonaba París. Pero cuando el aire untuoso de una mañana estival acabó de repristinar y aislar los sencillos olores de mi lavabo y mi armario de luna, y reposaban inmóviles y distintos en un claro-oscuro nacarado que acababa de "helar" el reflejo de las grandes cortinas de seda azul, sabía que en aquel momento colegiales, como yo era sólo hacía algunos años, "hombres ocupados", como yo podría ser, descendían del tren o del barco para ir a almorzar a su casa en el campo, y que bajo los tilos de la avenida, delante de la tienda tórrida del carnicero, sacando su reloj para ver si "llevaban retraso", disfrutaban ya del placer de traspasar todo un arco iris de perfumes en el saloncito negro y florido en el que un rayo de luz inmóvil parece haber anestesiado la atmósfera; y que después de haberse dirigido al *office* oscuro donde relucen a menudo irisaciones como en una gruta, y en donde dentro de pilones llenos de agua se refresca la sidra que inmediatamente —tan "fresca" efectivamente que se adosará a su paso a las paredes de la garganta con una adherencia completa, glacial y perfumada— se beberá en lindos vasos empañados y demasiado gruesos que, como ciertas carnes de mujer dan ansia de llevar hasta el mordisco la insuficiencia del beso, disfrutaban ya del frescor del comedor en donde la atmósfera en su congelación luminosa que estriaban, como el interior de un ágata, los perfumes distintos del mantel, del aparador, de la sidra, también el del *gruyère* al que la cercanía de los prismas de vidrio destinados a sostener los cuchillos añadía algún misticismo, se veteaba delicadamente cuando se traían las composteras, primero con el olor de las cerezas, y de los albaricoques. Las burbujas ascendían por la sidra y eran tan numerosas que quedaban prendidas otras a lo largo del vaso donde con una cuchara se hubiera podido cogerlas, como esa vida que pulula en los mares de Oriente, y en donde en una redada se cogen millares de huevos. Y desde fuera engrumecían el cristal como un cristal de Venecia prestándole una extraordinaria delicadeza bordando con mil puntos delicados su superficie teñida de rosa por la sidra.

Como un músico que oyendo en su mente la sinfonía que compone sobre el papel necesita tocar una nota para asegurarse de estar en armonía con la sonoridad real de los instrumentos, me levanté un instante y aparté la cortina de la ventana para ponerme en concordancia con la luz. Entraba también en concordancia con esas otras realidades cuyo apetito está sobreexcitado por la soledad, y cuya posibilidad, cuya realidad, da un valor a la vida: las mujeres que no se conocen. He aquí que pasa una, que mira a derecha e izquierda, va despacio, cambia de dirección, como un pez en un agua transparente. La belleza no es una especie de superlativo de lo que imaginamos, como un tipo abstracto que tenemos ante los ojos, sino al contrario, un tipo nuevo, imposible de imaginar, y que la realidad nos presenta. Así sucede con esta alta muchacha de dieciocho años de aire desenvuelto, de pálidas mejillas, de cabellos ondulantes. ¡Ah! si estuviese levantado. Pero al menos sé que los días son ricos en tales posibilidades, mi apetito de la vida aumenta. Pues como cada belleza es un tipo distinto, como no hay belleza sino mujeres hermosas, ella es una invitación a una felicidad que sólo ella puede materializar.

Qué deliciosos y dolorosos son esos bailes en donde ante nosotros se mezclan las bonitas muchachas de piel perfumada y los hilos inaprehensibles, invisibles, de todas esas vidas desconocidas de cada una de ellas en las que querríamos penetrar. A veces, una, en el silencio de una mirada de deseo y de nostalgia, nos entreabre su vida, pero no podemos entrar más que en deseo. Y el deseo solo es ciego, y desear a una muchacha de la que ni siquiera se sabe el nombre es pasar con los ojos vendados por un lugar del que se sabe que sería el paraíso, el poder volver y que nada nos hará reconocerlo…

Pero de ella, ¡cuánto nos queda por conocer! Querríamos saber su nombre, que al menos podría permitirnos volverla a encontrar, y que quizá le haría despreciar el nuestro, los padres cuyas órdenes y costumbres son sus obligaciones y sus costumbres, la casa en que vive, las calles que cruza, los amigos que frecuenta, quienes, más venturosos, van a verla, el campo a donde irá durante el verano y que la alejará más todavía de nosotros, sus gustos, sus pensamientos, todo aquello que acredita su identidad, constituye su vida, atrae sus miradas, contiene su presencia, llena su pensamiento, recibe su cuerpo.

A veces iba hasta la ventana, y alzaba una punta de la cortina. En un torrente de oro, seguidas de su institutriz, dirigiéndose al catecismo o a la escuela, habiendo eliminado de su andar flexible todo movimiento involuntario, veía pasar a esas muchachas modeladas en preciosa carne, que parecen formar parte de una pequeña sociedad impenetrable, no ver al pueblo vulgar entre el que pasan, como no sea para reír sin preocuparse, con una insolencia que les parece la afirmación de su superioridad. Muchachas que con una mirada parecen establecer entre ellas y tú esa distancia que su belleza vuelve dolorosa; muchachas que no son de la aristocracia, pues las crueles distancias del dinero, del lujo, de la elegancia, en ninguna parte se suprimen tan completamente como en la aristocracia. Puede buscar por placer las riquezas, pero no les atribuye ningún valor y las sitúa sin ceremonias y sinceramente al mismo nivel que nuestra cortedad y pobreza. Muchachas que no son del mundo de la inteligencia, pues con ellas podrían mantenerse divinas relaciones de igualdad. Tampoco muchachas del mundo de la pura finanza, pues ésta reverencia lo que desea comprar, y está todavía más cerca del trabajo y de la consideración. No, muchachas educadas en ese mundo que puede marcar entre él y tú la mayor y más cruel distancia, clan del mundo de dinero, que gracias al bonito porte de la mujer o la frivolidad del marido empieza a mantener buenas relaciones en las cacerías con la aristocracia, intentando mañana aliarse con ella, que hoy tiene todavía contra ella el prejuicio burgués, pero sufre ya porque su nombre plebeyo no deje adivinar que se encuentran de visita a una duquesa, y que la profesión de agente de bolsa o de notario de su padre pueda dejar suponer que lleva la misma vida que la mayoría de sus colegas con cuyas hijas no quieren tratar. Ambiente en donde es difícil entrar porque los colegas del padre han quedado ya excluidos, y en el que los nobles estarían obligados a descender demasiado para dejarte entrar; refinadas por varias generaciones de lujo y de deporte, cuántas veces, en el instante en el que me encantaba con su belleza, me han hecho sentir con una sola mirada la distancia realmente infranqueable que mediaba entre ellas y yo, y aún más inaccesibles para mí puesto que los nobles que conocía no las conocían y no podían presentármelas.

Veo uno de esos seres que nos indica con su rostro particular la posibilidad de una dicha nueva. Al ser la belleza especial, multiplica las posibilidades de felicidad. Cada ser es como un ideal aún desconocido que se nos ofrece. Y ver pasar un rostro deseable que no conocíamos nos abre nuevas vidas que desearíamos vivir. Desaparecen a la vuelta de la esquina, pero confiamos en volverlas a ver, nos quedamos con la idea de que hay muchas vidas más que no pensábamos vivir, y eso da más valor a nuestra persona. Un rostro nuevo que ha pasado es como el encanto de un país nuevo que se nos ha aparecido en un libro. Leemos su nombre, el tren va a salir. Qué importa si no marchamos, sabemos que existe, tenemos una razón más para vivir. De la misma forma, miraba yo por la ventana para ver que la realidad, la posibilidad de la vida que percibía en cada hora junto a mí, contenía innumerables posibilidades de dichas diferentes. Otra muchacha bonita me garantizaba la realidad, las múltiples expresiones de la dicha. Por desgracia no conoceremos todas las felicidades, la que produciría el seguir la alegría de esta muchachita rubia, el ser conocido por los ojos graves de este rostro duro y sombrío, el poder tener sobre las rodillas ese cuerpo esbelto, el conocer los mandamientos y la ley de esta nariz aguileña, de estos ojos duros, de esta amplia frente blanca. Al menos nos dan nuevas razones para vivir…

A veces entraba por la ventana el olor fétido de un automóvil, este olor que creen que nos corrompe el campo los nuevos pensadores que consideran que las alegrías del alma humana serían distintas si se quisiera, etc., que creen que la originalidad reside en el hecho y no en la impresión. Pero el hecho resulta tan inmediatamente transformado por la impresión, que este olor del automóvil penetraba en mi habitación con la misma naturalidad que el más embriagador de los olores del campo en verano, que encerraba dentro de sí su belleza y la alegría también de percibirla toda, de acercarse a un objetivo deseado. El mismo olor del espino no me proporcionó más que la evocación de una felicidad de alguna forma inmóvil y limitada, la que se asigna a un seto. Este olor delicioso a petróleo, color del cielo y del sol, significaba la inmensidad del campo, la alegría de marchar, de marchar lejos entre los acianos, las amapolas y los tréboles de color violeta, y saber que se llegará al lugar deseado, donde nos espera nuestra amiga. Me acuerdo que durante toda la mañana el paseo por esos campos de la Beauce me alejaba de ella. Ella había quedado unas diez leguas más allá. Por momentos llegaba un gran soplo de viento, que inclinaba los trigales al sol y estremecía los árboles. Y en este gran país llano, desde donde los países más lejanos parecen hasta perderse de vista, la continuación de unas mismas tierras, sentía que esa bocanada venía en línea recta del lugar en donde ella me esperaba, que había acariciado su rostro antes de llegar a mí, sin haber encontrado, en el camino entre ella y yo, más que esos indefinidos campos de higo, de acianos y de amapolas, que eran como un único campo en cuyos dos extremos nos hubiéramos situado nosotros y esperado con ternura, a esa distancia a la que no llegan los ojos, pero que franqueaba un soplo suave como un beso que ella me enviaba, como su aliento que llegaba hasta mí y que el automóvil pronto me haría cruzar cuando hubiese llegado el momento de volver junto a ella. He amado a otras mujeres, a otros países. El encanto de los paseos quedó menos ligado a la presencia de aquella a quien amaba, que pronto se volvía tan dolorosa, por el miedo de importunarla y no gustarle, que no la prolongaba, que a la esperanza de ir hacia ella, en donde no permanecía sino con el pretexto de alguna necesidad y con la ilusión de que se me rogara volver con ella. De tal manera, un país dependía de un rostro. Acaso este rostro dependía así de un país. Dentro de la idea que me formaba de su encanto, el país que él habitaba, que él me llevaría a querer, en el que él me ayudaría a vivir, que compartiría conmigo, en donde me permitiría hallar la alegría, era uno de los componentes mismos del encanto, de la esperanza de vida, estaba dentro del deseo de amar. Así, un paisaje entero ponía toda su poesía en un ser. Así, cada uno de mis veranos tuvo el rostro, la forma de un ser y la forma de un país, mejor dicho la forma misma de un sueño que era el deseo de un ser y de un país, que yo confundía en seguida; pomos de flores rojas y azules alzándose por encima de un muro soleado, con hojas relucientes de humedad, constituían el sello por el que eran identificables todos mis deseos de naturaleza, un año; el siguiente fue por la mañana un triste lago bajo la bruma. Uno tras otro, y aquellos a quienes trataba de llevar a tales países, o por cuya compañía renunciaba a visitarlos, o de quienes me enamoraba porque había creído —a menudo equivocadamente, aunque se mantenía su prestigio una vez sabía que había errado— que ellos los habitaban, el olor del automóvil a su paso me ha devuelto todos esos placeres y me ha invitado a otros nuevos; es un olor de estío, de pujanza, de libertad, de naturaleza, y de amor.

LA CONDESA

Vivíamos en un apartamento de la segunda planta, en el ala de una de esas antiguas mansiones de las que ya quedan pocas en París, en donde el patio principal se hallaba —bien por el acometedor oleaje de la democracia, bien por la supervivencia de oficios reunidos bajo la protección del señor— tan atestado de tendezuelas como los accesos a una catedral que todavía no ha "degradado" la estética moderna, comenzando en lo que era "conserjería", por un tenderete de zapatero rodeado de una franja de lilas, y ocupado por el conserje, que remendaba el calzado, criaba gallinas y conejos, mientras que al fondo del patio habitaba con toda naturalidad, merced a un alquiler reciente, pero, según me parecía, por privilegio inmemorial, la "condesa" que siempre había en aquella época en las pequeñas "mansiones al fondo del patio" y que, cuando salía en su gran calesa tirada por dos caballos, bajos los lirios de su sombrero que parecían los que había en el alféizar de la ventana del conserje-zapatero-sastre, sin detenerse y para demostrar que no era altiva, regalaba sonrisas y pequeños saludos con la mano indistintamente al aguador, a mis padres y a los niños del conserje…

Luego, apagado el último rodar de su calesa, se cerraba la puerta cochera, mientras que muy lentamente, al paso de caballos enormes, con un lacayo cuyo sombrero alcanzaba la altura de los primeros pisos, la calesa larga como la fachada de las casas iba de casa en casa, santificaba las calles insensibles con un perfume aristocrático, se detenía para echar cartas, hacía venir a los proveedores para hablarles desde el coche, cruzándose con amigas que iban a una matinal a la que habían sido invitadas, o de la que venían. Pero la calesa utilizaba una calle como atajo, la condesa quería dar primero una vuelta al Bois, y no iría a la matinal más que una vez de vuelta, cuando ya no hubiese nadie y se llamase en el patio a los últimos coches. Sabía decir tan bien a una anfitriona estrechándole las manos con sus guantes de Suecia, con los codos pegados al cuerpo y palpando su talle para admirar su tocado y como un escultor que presenta su estatua, como una costurera que prueba una blusa, con esa seriedad que tan bien cuadraba a sus ojos dulces y su voz grave: "Verdaderamente, no ha sido *posible* venir antes, con toda mi voluntad", y lanzando una linda mirada violeta sobre la serie de impedimentos que habían surgido, y sobre los que se callaba como persona bien educada, a quien no le gustaba hablar de sí misma.

Al estar situado nuestro apartamento en un segundo patio, daba sobre el de la condesa. Cuando pienso hoy en la condesa me doy cuenta que tenía una especie de atractivo, pero bastaba conversar con ella para que se disipara, sin tener ella sobre el particular ni la menor conciencia. Era una de esas personas que tienen una lamparita mágica cuya luz no conocerán nunca. Y cuando se las trata, cuando se les habla, se vuelve uno como ellas, ya no se ve la luz misteriosa, el pequeño atractivo, el mínimo color, y pierden toda poesía. Es necesario dejar de conocerlas, volverlas a ver de repente en el pasado, como cuando no se las conocía, para que vuelva a prender la lucecilla, para que se produzca la sensación de poesía. Parece que así ocurre con los objetos, los países, los pesares, los amores. Quienes los poseen no perciben su poesía. No ilumina más que a lo lejos. Esto es lo que torna la vida tan decepcionante a quienes poseen la facultad de ver la lucecilla poética. Si pensamos en las personas que hemos tenido deseos de conocer, nos vemos obligados a confesar que había entonces un algo hermoso y desconocido que hemos intentado conocer, y que desapareció en aquel instante. Volvemos a verlo como el retrato de alguien a quien después no hemos conocido nunca, y con el que nuestro amigo X… no tiene ciertamente nada que ver. Rostros de aquellos a quienes hemos conocido después, os eclipsasteis entonces. Toda nuestra vida transcurre como si se tratara de ocultar con la ayuda de la costumbre esas grandes pinturas de desconocidos que nos había proporcionado el valor de deshacer todos los torpes retoques que tapan la fisionomía original, vemos aparecer el rostro de quienes no conocíamos todavía, el rostro que había grabado la primera impresión, y sentimos que jamás los hemos conocido… Amigo inteligente, es decir, como todos, con quien hablo cada día, ¿qué tienes del joven veloz, con los ojos demasiado abiertos que salen de las órbitas, que veía pasar rápidamente por los pasillos del teatro, como un héroe de Burne-Jones o un ángel de Mantegna?

Por lo demás, incluso en el amor cambia para nosotros con la misma rapidez el rostro de la mujer. Un rostro que nos place es un rostro que hemos creado con tal mirada, con tal sector de la mejilla, tal gesto de la nariz, es una de las mil personas que se podrían extraer de una persona. Y muy pronto la persona tendrá para nosotros otro rostro. *[Tan pronto es su]*[1] palidez plomiza y sus hombros que parecen esbozar un encogimiento desdeñoso. Ahora es un dulce rostro visto de frente, casi tímido, en que la oposición entre mejillas blancas y cabellos negros no desempeña ningún papel. Cuántas personas sucesivas son para nosotros una persona, ¡cuán lejos está aquélla que fue para nosotros el primer día! La otra tarde, acompañando a la condesa de una velada a esta casa en la que ella vive todavía y en la que yo ya no vivo desde hace tantos años, dándole un beso de despedida, apartaba su rostro del mío para intentar verla como algo lejano a mí, como una imagen, como yo la veía antaño, cuando se detenía en la calle para hablar a la lechera. Habría querido volver a hallar la armonía que ligaba la mirada violeta, la nariz pura, la boca desdeñosa, el largo talle, el aire triste, y conservando en mis ojos el pasado reencontrado, acercar mis labios y besar lo que yo hubiera querido besar entonces. Pero, ay, los rostros que besamos, los países que habitamos, los muertos mismos por los que guardamos luto, no contienen ya nada de lo que nos hace desear amarlos, vivir, temer el perderlos. Al suprimir el arte esta verdad tan preciosa de las impresiones de la imaginación, pretendiendo parecerse a la vida, suprime la única cosa de valor. Y en cambio, si la describe, otorga valor a las cosas más vulgares; podría otorgárselo al esnobismo, si en vez de captar lo que representa en sociedad, es decir, nada, como el amor,

---

1.   Laguna del manuscrito

el viaje, el dolor materializados, tratase de reencontrarlo en el color irreal —el único real— que el deseo de los jóvenes esnobs proyecta sobre la condesa de ojos violeta, que en los domingos estivales sale en su victoria.

Naturalmente, la primera vez que vi a la condesa y que me enamoré de ella no vi en su rostro más que algo tan huidizo y fugitivo como lo que escoge arbitrariamente un dibujante cuando vemos un "perfil perdido". Pero me estaba destinada aquella especie de línea serpentina que unía un mínimo de la mirada con la inflexión de la nariz y un mohín de un ángulo de la boca y que omitía todo lo demás; y cuando la encontraba en el patio o en la calle, al mismo tiempo, bajo distinto tocado, en su rostro cuya mayor parte me seguía siendo desconocida, tenía a la vez la impresión de ver a alguien que no conocía, y al mismo tiempo sentía un fuerte latido de mi corazón, porque bajo el disfraz del sombrero de acianos y del rostro desconocido había sentido la posibilidad del perfil serpentino y el ángulo de la boca que el otro día tenía dibujado el mohín. Algunas veces, permanecía horas acechándola sin verla, y de repente allí estaba, veía la pequeña línea ondulante que terminaba en los ojos violeta. Pero inmediatamente ese primer rostro arbitrario que es para nosotros una persona, al presentar siempre el mismo perfil, al exhibir siempre el mismo ligero enarcamiento de las cejas, la misma sonrisa presta a asomar en los ojos, el mismo inicio de mohín en el único ángulo de la boca que se ve —y todo eso tan arbitrariamente perfilado en el rostro y en la sucesión de expresiones posibles, tan parcial, tan momentáneo, tan inmutable, como si se tratara de un dibujo que plasmara una expresión y que ya no puede cambiar— eso es para nosotros la persona, los primeros días. Y luego es otra expresión, otro rostro, los siguientes días: a la oposición del negro de los cabellos y la palidez de la mejilla que la configuraban casi por entero al principio, luego ya no le prestamos ninguna atención. Y ya no encontramos la alegría de un ojo burlón, sino la dulzura de una mirada tímida.

El amor que me inspiraba agrandaba la idea de lo que de raro había en su nobleza, su hotelito al fondo de nuestro patio se me antojaba inaccesible y se habría dicho que una ley de la naturaleza impedía a todo plebeyo como yo penetrar nunca en su casa lo mismo que volar entre las nubes, y no me habría sorprendido excesivamente. Me hallaba en la época feliz en que no se conoce la vida, en que los seres y las cosas no los hemos clasificado en categorías vulgares, sino que los nombres los diferencian, les imponen algo de su particularidad. Yo era un poco como nuestra Françoise, que creía que entre el título de marquesa de la suegra de la condesa y la especie de mirador llamado marquesina que había encima del apartamento de aquella señora existía un vínculo misterioso, y que ninguna otra especie de persona, salvo una marquesa, podía tener aquella especie de mirador.

En ocasiones, pensando en ella y diciéndome que no tenía la suerte de verla aquel día, bajaba tranquilamente la calle, cuando de repente, en el instante en que pasaba delante de la lechería, me sentía turbado como puede sentirse un pajarillo que hubiese visto una serpiente. Cerca del mostrador, en el rostro de una persona que hablaba con la lechera mientras elegía un queso cremoso, había visto templar y ondularse una pequeña línea serpentina por encima de los dos ojos violetas fascinantes. Al día siguiente, pensando que había de volver a la lechería, me apostaba durante horas en la esquina de la calle, pero no la veía, y ya me volvía afligido cuando al cruzar la calle me veía obligado a ponerme a salvo de un coche a punto de aplastarme. Y veía bajo un sombrero desconocido, en otro rostro, la pequeña serpiente adormecida y los ojos que como ella apenas parecían violeta, pero que yo reconocía perfectamente, y sentía cómo se me encogía el corazón antes de reconocerlos. Cada vez que la veía, palidecía, vacilaba, hubiera querido postrarme, ella me encontraba "bien educado". En *Salambó* aparece una serpiente que encarna el genio de una familia. De la misma forma me parecía que aquella corta línea serpentina reaparecía en su hermana, sus sobrinos. Me parecía que si hubiese podido conocerlos habría disfrutado en ellos algo de esa esencia que ella era. Parecían diferenes esbozos dibujados conforme a un mismo rostro común a toda la raza.

Cuando al doblar una calle reconocía al venir hacia mí las patillas rubias de su mayordomo que conversaba con ella, que la veía desayunar, que era como uno más de sus amigos, recibía una triple herida en el corazón, como si también hubiera estado enamorado de él.

Esas mañanas, esos días, no eran más que una especie de hileras de perlas que la ligaban a los placeres más elegantes de entonces; con traje azul tras aquel paseo, comía en casa de la duquesa de Mortagne; al cabo del día, cuando se manda encender las luces para recibir, iba a casa de la princesa de Aleriouvres, de Mme. de Bruyvres, y tras la cena, cuando su coche la esperaba y ella hacía entrar en él la vibración opalina de su seda, su mirada y sus perlas, iba a casa de la duquesa de Rouen o la condesa de Dreux. Luego, cuando esas mismas personas se convirtieron para mí en aburridas, a cuya casa ya no quería ir, y vi que a ella le sucedía lo mismo, su vida perdió parte de su misterio, y a veces prefería quedarse a hablar conmigo, en vez de que fuésemos a aquellas fiestas en donde me figuraba entonces que ella debía ser sólo ella misma, no siendo el resto de lo que yo veía más que una especie de bastidor en donde nada puede sospecharse de la belleza de la obra y del genio de la actriz. Algunas veces el razonamiento extrajo luego de ella, de su vida, verdades que, al explicarlas, parecen significar lo mismo que mis sueños: ella es particular, no ve más que a gentes de antiguo linaje. No eran más que palabras.

APELLIDOS DE PERSONAS

Si yo pudiese liberarlo delicadamente de la usura de la costumbre y volver a ver en su frescor primero este apellido de Guermantes, cuando únicamente mi sueño le prestaba su color, encararlo a esa Mme. de Guermantes que yo conocí y cuyo nombre significa para mí ahora la imaginación que materializó su conocimiento, es decir, que destruyó, de la misma forma que la villa de Pont-Aven estaba construida con los elementos completamente imaginativos que evoca la sonoridad de su nombre, Mme. de Guermantes estaba igualmente formada de la sustancia toda color y leyenda que yo veía al pronunciar su apellido. Era también una persona de hoy, mientras que su apellido me la presentaba a la vez en el día de hoy y en el siglo XIII, simultáneamente en la mansión que parecía una vitrina y en la torre de un castillo solitario que recibía siempre el último rayo del poniente, imposibilitada por su rango de dirigir la palabra a nadie. En París, en la mansión-vitrina, pensé que hablaba a otras personas que también estaban en el siglo XIII y en el nuestro, que tenían también melancólicos castillos y que tampoco hablaban con otras personas. Pero estos nobles misteriosos debían tener apellidos que jamás había oído yo, los apellidos célebres de la nobleza, La Rochefoucauld, La Trémoille, que se han convertido en nombres de calles, nombres de obras que me parecían demasiado públicas, convertidos en nombres demasiado vulgares para eso.

Los distintos Guermantes permanecerán reconocibles en la extraña piedra de la sociedad aristocrática, en donde se los veía aquí y allá, como esos filones de una materia más dorada, más preciosa que vetean un fragmento de jaspe. Se los distinguía, se seguía en el seno de ese mineral al que estaban mezclados las ondulaciones de sus crines de oro, como esa cabellera casi luminosa que corre despeinada al borde del ágata esponjosa. Y mi vida también había sido atravesada o acariciada por su hilo luminoso en varios lugares de su superficie o de su profundidad. En efecto, había olvidado que en las canciones que mi vieja criada me cantaba había una *Gloria a la señora de Guermantes* de la que se acordaba mi madre. Pero con el tiempo, de año en año, esos Guermantes surgían de un lado o de otro entre los azares y las sinuosidades de mi vida, como un castillo que desde el ferrocarril se percibe siempre, ya sea a la derecha o a la izquierda.

Y a causa de eso mismo, de los rodeos especiales de mi vida, que me situaban en su presencia de una forma cada vez distinta, acaso no había pensado yo, en ninguna de aquellas circunstancias particulares, en la raza de los Guermantes, sino sólo en la anciana señora a la que mi abuela me había presentado y que era preciso preocuparse de saludar, en lo que podría pensar Mme. de Quimperlé viéndome con ella, etc. Mi conocimiento de cada Guermantes había surgido de circunstancias tan contingentes y cada uno había sido conducido tan materialmente ante mí por las imágenes plenamente físicas que mis ojos y mis oídos me habían facilitado, por la tez rojiza de la vieja dama, estas palabras "Venga a verme antes de cenar", que no pude tener la impresión de un contacto con aquella raza misteriosa, como podía suceder a los antiguos con una raza por cuyas venas corriera una sangre animal o divina. Pero a causa de eso mismo, dando quizá, cuando yo pensaba en ello, algo más poético a la existencia, pensando que las circunstancias solas habían ya acercado tantas veces a mi vida bajo pretextos diversos lo que había constituido la imaginación de mi infancia. En Querqueville me había dicho Montargis un día que hablábamos de Mlle. de Saint-Étienne: "¡Ah!, es una verdadera Guermantes, es como mi tía Septimia, son sajonas, figurillas de Sajonia". Al llegar estas palabras a mis oídos, traen consigo una imagen indeleble que se convierte en mí en una necesidad de tomar al pie de la letra lo que se me dice y que me lleva más lejos de lo que llevaría la más estúpida ingenuidad. Desde aquel día no puedo ya pensar en las hermanas de Mlle. de Saint-Étienne y en la tía Septimia más que como en figurillas de Sajonia puestas en fila en una vitrina en donde no hubiera más que objetos preciosos, y cada vez que se hablaba de una mansión Guermantes en París o en Poitiers, la veía como un frágil y puro rectángulo de cristal intercalado entre las casas como una flecha gótica entre los tejados, y tras cuya vidriera las señoras Guermantes, ante las cuales ninguna de las personas que integrasen el resto del mundo tenía derecho a insinuarse, brillaban con los más suaves colores de las figurillas de Sajonia.

* * *

CUANDO vi a Mme. de Guermantes sufrí la misma ligera decepción al descubrirle las mejillas de carne y un traje sastre allí donde yo imaginaba una estatuilla de Sajonia, que cuando fui a ver la fachada de San Marcos que Ruskin había descrito como de perlas, zafiros y de rubíes. Pero yo seguía creyendo que su mansión era una vitrina y de hecho lo que veía se le parecía un poco y por lo demás no podía ser más que un embalaje protector. Pero incluso el lugar en donde ella habitaba tenía que ser también distinto al resto del mundo, tan impenetrable e imposible de hollar por pies humanos como los anaqueles de cristal de una vitrina. A decir verdad, los Guermantes reales, aunque difirieran sustancialmente de mi sueño, eran sin embargo, una vez admitido que eran hombres y mujeres, bastante particulares. Yo no sé bien cuál era la raza mitológica que había nacido de una diosa y de un pájaro, pero sé con seguridad que eran los Guermantes.

Altos, los Guermantes no lo eran generalmente, por desgracia, de una forma simétrica, y como para dar una media constante, una especie de línea ideal, de armonía que es preciso trazar constantemente por sí mismo como con el violín, entre sus hombros demasiado prolongados, su cuello demasiado largo que hundían con gesto nervioso sobre un hombro, como si se les hubiese besado junto al otro oído, sus cejas desiguales, sus piernas muchas veces también desiguales debido a accidentes de caza, se levantaban continuamente, se retorcían, no se les veía nunca más que de lado, o erguidos, cogiendo un monóculo, llevándolo hasta las cejas, rodeando la rodilla izquierda con su mano derecha.

Tenían, al menos todos los que habían mantenido el tipo familiar, una nariz demasiado aguileña (aunque sin ninguna relación con la curva judía), demasiado larga, que en seguida, sobre todo en las mujeres cuando eran bonitas, y más que en ninguna otra en Mme. de Guermantes, se grababa la primera vez en la memoria como algo casi desagradable, como el ácido de los grabadores; por debajo de aquella nariz que despuntaba, el labio demasiado fino, demasiado poco carnoso, daba a la boca algo de sequedad y una voz ronca, como el graznido de un ave, un poco agrio pero que embriagaba. Los ojos eran de un azul profundo que de lejos brillaba como la luz, y te miraban fijamente, con dureza, pareciendo clavar en ti la punta de un zafiro inalterable, más con un aspecto de profundidad que de dominio, no tanto queriendo dominarte como escrutarte. Los más tontos de la familia recibían por su madre y perfeccionaban luego por educación ese aire de sicología a la que nada se resiste y de dominio de los seres, pero al que su estupidez o su debilidad habrían conferido una cierta comicidad, si aquella mirada no hubiese sido de por sí de una inefable belleza. El pelo de los Guermantes era habitualmente rubio tirando a pelirrojo, pero de una especie singular, una especie de esponja de oro mitad copo de seda, mitad piel de gato. Su tez que había sido ya proverbial en el siglo XIX era de una rosa malva, como el de algunos ciclaminos, y se granulaba muchas veces en la vertiente de la nariz debajo del ojo izquierdo con una espinilla seca, siempre situada en el mismo sitio, pero que a veces abultaba la fatiga. Y en algunos miembros de la familia, que no se casaban más que entre primos, había adquirido un tono violáceo. Había algunos Guermantes que iban poco a París y que, contoneándose como todos los Guermantes por debajo de su nariz prominente entre sus mejillas grana y sus pómulos amatista, tenían el aspecto de un cisne majestuosamente tocado con plumas purpúreas, que se ensaña aviesamente con las matas de lirios o de heliotropos.

Los Guermantes tenían los modales de la alta sociedad, aunque no obstante aquellos modales reflejaban más bien la independencia de los nobles a quienes siempre les había gustado resistirse a los reyes, antes que la vanidad de otros nobles tan nobles como ellos a quienes les gustaba verse distinguidos por ellos y servirles. Así cuando otros decían de buena gana, incluso hablando entre ellos: "He estado en casa de la señora duquesa de Chartres", los Guermantes decían incluso a los criados: "Llamad al coche de la duquesa de Chartres". Para concluir, su mentalidad la configuraban dos rasgos: desde el punto de vista moral por la importancia capital reconocida a los buenos instintos. Desde Mme. de Villeparisis al último vástago Guermantes, poseían la misma entonación de voz para decir de un cochero que los había llevado una vez: "Se nota que es un hombre de buenos instintos, de natural recto, y buen fondo". Y entre los Guermantes, lo mismo que en todas las familias humanas, los había buenos, y los había despreciables, mentirosos, ladrones, crueles, libertinos, falsarios, asesinos: éstos más encantadores, por otra parte, que los otros, sensiblemente más inteligentes, más afables que por el aspecto físico, la mirada azul escrutadora y el zafiro compacto no presentaban más que un rasgo común con los otros, esto es, en los momentos en que salía a la luz el fondo permanente, el natural que aparece, que es decir: "Se nota que tiene buenos instintos, de natural recto, un gran corazón, ¡todo eso!"

Los otros dos rasgos constitutivos de la mentalidad de los Guermantes eran menos universales. Decididamente intelectuales, no se mostraban más que en los Guermantes de inteligencia, es decir, creyendo serlo, e imbuidos entonces de la idea de que lo eran en grado sumo, puesto que estaban extremadamente contentos de sí mismos. Uno de esos rasgos consistía en la creencia de que la inteligencia, así como la bondad y la piedad consistían en cosas exteriores, en conocimientos. Un libro que hablaba de cosas conocidas les parecía insignificante. "Este autor no te habla más que de la vida del campo, de los castillos. Pero todo el mundo que ha vivido en el campo sabe esas cosas. Tenemos la debilidad de que nos gustan los libros que nos enseñan alguna cosa. La vida es corta, y no vamos a perder una hora preciosa leyendo *L'Orme du Mail,* en donde nos cuenta Anatole France cosas de la provincia que sabemos tan bien como él".

Pero esta originalidad de los Guermantes, que la vida me brindaba como compensación, como motivo de disfrute, no era la originalidad que perdí en cuanto los conocí y que los hacía poéticos y dorados como su apellido, legendarios, impalpables como las proyecciones de la linterna mágica, inaccesibles como su castillo, de tonos vivos en una casa transparente y clara, en un saloncillo de vidrio, como estatuillas de Sajonia. Por lo demás, cuántos apellidos nobles tienen ese encanto de ser nombres de los castillos, de las estaciones de ferrocarril en las que se ha soñado tan a menudo, al leer una guía de ferrocarril, bajar en un atardecer de verano, cuando en el norte las enramadas pronto solitarias y profundas, entre las que se intercala y pierde la estación, están ya enrojecidas por la humedad y el frescor, como en otros sitios con la llegada del invierno.

* * *

TODAVÍA constituye hoy uno de los grandes encantos de las familias nobles el que parezcan afincadas en un confín de tierra particular, que su nombre, que siempre es un nombre de lugar, o que el nombre de su castillo (que muy a menudo el mismo) dé en seguida a la imaginación la sensación de residencia y el deseo del viaje. Cada apellido noble contiene en el espacio colo-reado de sus sílabas un castillo, en donde tras un camino difícil, la llegada la endulza una alegre velada de invierno, y en derredor la poesía de su estanque, y de su iglesia, que repite por su parte tantas veces el apellido, con sus armas, en sus lápidas sepulcrales, al pie de las estatuas pintadas de los antepasados, en el rosa de las vidrieras heráldicas. Me diréis que esa familia que mora desde hace dos siglos en su castillo cerca de Bayeux, que da la sensación de haberse construido en las tardes de invierno por los últimos copos de espuma, prisionero, en la niebla, vestido interiormente de tapicería y de encaje, que su apellido es en realidad provenzal. Eso no le impide que me evoque la Normandía, como muchos árboles, llegados de las Indias y del Cabo, se han aclimatado tan bien a nuestras provincias que nada nos produce una impresión menos exótica y más francesa que su follaje y sus flores. Si el hombre de esa familia italiana se yergue altivamente desde hace tres siglos sobre un profundo valle norman-do, si desde allí, cuando el terreno se hace llano, se divisa la fachada de pizarra roja y de piedra grisácea del castillo, al mismo nivel que las campanas de púrpura de Saint-Pierre-sur-Dives, es normando como los manzanos que... y que no llegaron del Cabo más que…[1] Si esta familia provenzal tiene su mansión desde hace dos siglos en una esquina de la gran plaza de Falaise, si los invitados que vinieron a jugar su partida por la noche, al dejarlos después de las diez, corren el riesgo de despertar a los burgueses de Falaise, y se oyen sus pasos repercutir indefinidamente en la noche, hasta la plaza de la torre, como en una novela de Barbey d'Aurevilly, si el tejado de su mansión se divisa por entre dos campanarios, en donde está encajado como en una playa normanda un guijarro entre dos conchas caladas, entre las torrecillas rosáceas y nerviadas de dos cangrejos ermitaños, si los invitados que llegan antes de cenar pueden al bajar del salón lleno de preciosas piezas chinas adquiridas en la época del gran comercio de los marinos normandos con el Extremo Oriente, pasearse con los miembros de las diferentes familias nobles que viven desde Coutances a Caen, y de Thury Harcourt a Falaise, por el jardín en pendiente, bordeado por las fortificaciones de la ciudad, hasta el río rápido en donde, esperando la cena, se puede pescar en el recinto de la propiedad, como en un relato de Balzac, ¿qué importa que esta familia haya venido de Provenza a establecerse aquí, y que su nombre sea provenzal? Se ha hecho normando, como esas bellas hortensias rosa que se observan de Honfleur a Valognes, y desde Pont-L'Eveque a Saint-Vaast, como una obra añadida, pero que caracteriza ahora al campo que embellece, y que llevan a una casa solariega normanda el color delicioso, añoso y fresco de una loza china traída desde Pekín, pero por Jacques Cartier.

---

1.   Laguna en el manuscrito.

Tienen otros un castillo perdido en los bosques y es largo el camino hasta llegar a ellos. En la Edad Media no se oía en su contorno más que el sonido del cuerno y el ladrido de los perros. Hoy, cuando un viajero llega por la noche a hacerles una visita, es el bocinazo del automóvil lo que ha reemplazado a uno y otro y lo que se aúna como el primero con la atmósfera húmeda que atraviesa bajo el follaje, saturado luego del olor a rosas en el parterre principal, y emotivo, casi humano como el segundo, advierte a la castellana que se asoma a la ventana que no cenará ni jugará sola esta noche frente al conde. Sin duda, cuando oigo el nombre del sublime castillo gótico que hay cerca de Ploërmel, cuando pienso en las largas galerías del claustro, y en las alamedas por las que se camina entre las retamas y las rosas sobre las tumbas de los abades que vivían ahí, bajo esas galerías, a la vista de este vallecillo desde el siglo VIII, cuando aún no vivía Carlomagno, cuando no se alzaban las torres de la catedral de Chartres ni abadía sobre la colina de Vézelay, por encima del Cousin profundo y rico en peces, sin duda, si en uno de esos momentos en que el lenguaje de la poesía resulta aún demasiado preciso, demasiado henchido de palabras, y en consecuencia de imágenes conocidas, para no turbar esa corriente misteriosa que el *Apellido,* ese algo anterior al conocimiento derrama, que en nada se parece a lo que conocemos, como sucede a veces en nuestros sueños, sin duda después de haber llegado a la escalinata y haber visto aparecer algunos criados, el uno cuyo aire melancólico, la nariz de larga curva, cuyo graznido ronco y raro inclina a pensar que se ha encarnado en él uno de los cisnes del estanque, que ha sido desecado, el otro, en cuyo rostro terroso la mirada vertiginosamente atemorizada hace adivinar un topo astuto acorralado, hallaremos en el gran vestíbulo los mismos percheros, los mismos abrigos que en todas partes, y en el mismo salón la misma *Revue* de Paris y Comoedia. E incluso, si todo oliese aún a siglo XIII, incluso los invitados inteligentes ante todo inteligentes, dirían allí cosas inteligentes de estos tiempos. (Quizá tendrían que no ser tan inteligentes, ni su conversación tener relación con las cosas del lugar, como esas descripciones que sólo son evocadoras si hay imágenes precisas y ninguna abstracción).

Lo mismo ocurre con la nobleza extranjera. El apellido de este o aquel señor alemán está cruzado como por un soplo de poesía fantástica en el seno de un olor a cerrado, y la repetición burguesa de las primeras sílabas puede hacer pensar en caramelos de colores comidos en una pequeña tienda de ultramarinos de una vieja plaza alemana, mientras que en la sonoridad versicolor de la última sílaba se oscurece la vidriera de Aldgrever en la vieja iglesia gótica de enfrente. Y tal otro es el nombre de un riachuelo nacido en la Selva Negra al pie de la antigua Wartbourg y atraviesa todos los valles frecuentados por los gnomos y está dominado por todos los castillos en donde reinaron los antiguos señores, donde soñó Lutero; y todo aquello está en las posesiones del señor y puebla su nombre. Pero yo cené con él ayer, su figura es de hoy, sus ropas son de hoy, sus palabras y sus ideas son de hoy. Y por elevación y franqueza, si se habla de nobleza, o de Wartbourg, dice: "¡Oh! hoy, ya no quedan príncipes".

Ciertamente, nunca los hubo. Pero en el único sentido imaginativo en el que pueden existir, no hay hoy más que un largo pasado que ha llenado los apellidos de sueños (Clermont-Tonnerre, Latour y P…, los duques de C. T.). El castillo, cuyo nombre aparece en Shakespeare y en Walter Scott, de esa *duchess* corresponde al siglo XIII escocés. En sus tierras está la admirable abadía que tantas veces ha pintado Turner, y son sus antepasados cuyas tumbas están colocadas en la catedral destruida donde los bueyes, entre los arcos ruinosos, y las zarzas en flor, y que nos impresiona todavía más por pensar que es una catedral porque estamos obligados a imponer su idea inmanente a cosas que sin eso serían otras y llamar pavimento de la nave a ese prado y entrada del coro a ese bosquecillo. Esta catedral la construyeron sus antecesores y le pertenece todavía, y se halla en sus tierras ese torrente divino, hecho todo frescor y misterio bajo un tejadillo apuntado con el infinito de la llanura y el sol descendiendo en un gran espacio de cielo azul rodeado de dos vergeles, que señalan como un cuadrante solar, a la inclinación de la luz que los toca, la hora feliz de una tarde ya avanzada; y la ciudad entera escalonada a lo lejos y el pescador de caña tan feliz que conocemos por Turner y que recorreríamos toda la tierra para hallar, para saber que la belleza, el encanto de la naturaleza, la dicha de la vida, la insigne belleza de la hora y del lugar existen, sin pensar que Turner —y tras él Stevenson— no han hecho más que presentarnos como especial y deseable en sí mismo tal lugar escogido lo mismo que cualquier otro en donde su cerebro haya sabido poner su deseable belleza y su singularidad. Pero la duquesa me ha invitado a cenar con Marcel Prévost, y Melba vendrá a cantar, y yo no atravesaré el estrecho.

Pero aunque me invitase en compañía de señores de la Edad Media, mi decepción sería la misma, pues no puede existir identidad entre la poesía desconocida que puede existir en un apellido, es decir una urna de cosas desconocidas, y las cosas que la experiencia nos muestra y que corresponden a palabras, a las cosas conocidas. Se puede deducir, de la decepción inevitable, tras nuestro encuentro con las cosas cuyos nombres conocemos, por ejemplo con el que ostenta un gran apellido territorial e histórico, que al no corresponder ese encanto imaginativo a la realidad, es una poesía de carácter convencional. Pero aparte de que yo no lo creo, y pienso demostrar un día todo lo contrario, teniendo sólo en cuenta el realismo, este realismo sicológico, esa exacta descripción de nuestros sueños sería preferible al otro realismo, puesto que tiene por objeto una realidad que es mucho más vivaz que la otra, que tiende perpetuamente a reformarse en nosotros, que, desertando de los países que hemos visitado, alcanza todavía a todos los demás, y recubre de nuevo aquéllos a los que hemos conocido una vez que están algo olvidados y que han vuelto a ser para nosotros *nombres,* puesto que ella nos acosa incluso en sueños, y da a los países, a las iglesias de nuestra infancia, a los castillos de nuestros sueños, la apariencia de tener *la misma naturaleza que los nombres,* la apariencia hecha de imaginación y de deseo que no volvemos a encontrar una vez despiertos, o en el momento en que, dándonos cuenta de ella, nos dormimos; puesto que nos produce infinitamente más placer que la otra que nos molesta y nos decepciona, y es un principio de acción y pone siempre en movimiento al viajero, ese amante siempre decepcionado y que siempre vuelve a ponerse en marcha con más ánimo, puesto que son solamente las páginas que llegan a darnos esa impresión las que nos dan la sensación del genio.

No sólo los nobles tienen un apellido que nos hace soñar, sino al menos respecto a un gran número de familias, los apellidos de los padres, de los abuelos y así sucesivamente, son también de esos hermosos apellidos, de modo que ninguna sustancia no poética impide este injerto constante de apellidos coloreados y sin embargo transparentes (porque no se le adhiere ninguna materia indigna), que nos permiten ascender durante mucho tiempo de brote en brote de cristal coloreado, como por el árbol de Jessé de una vidriera. Las personas adquieren en nuestro pensamiento esa pureza de sus apellidos que son totalmente imaginativos. A la izquierda un clavel rosa, luego el árbol sigue ascendiendo, a la izquierda un lirio, el tallo continúa, a la derecha una neguilla azul; su padre se había casado con un Montmorency, rosa de Francia, la madre de su padre era una Montmorency-Luxembourg, clavel coronado, rosa doble, cuyo padre se había unido a una Choiseul, neguilla azul, luego una Charost, clavel rosa. Por momentos, un apellido muy local y antiguo, como una flor rara que no se ve más que en los cuadros de Van Huysum, parece más triste porque la hemos mirado con menos frecuencia. Pero inmediatamente tenemos el regocijo de ver que a los lados de la vidriera en donde florece este tallo de Jessé, comienzan otras vidrieras de colores que cuentan la vida de los personajes que no eran al principio más que neguilla y lirio. Pero como estas historias son antiguas y pintadas también sobre vidrio, el conjunto se armoniza de maravilla. "Príncipe de Wurtemberg, su madre nació María de Francia, cuya madre procedía de la familia de Dos Sicilias". Pero entonces, ¿sería su madre la hija de Luis-Felipe y de María Amelia que se casó con el duque de Wurtemberg? Y entonces divisamos a la derecha en nuestro recuerdo la pequeña vidriera, la princesa en traje de jardín en las fiestas de la boda de su hermano el duque de Orleáns, para dar fe de su disgusto por haber visto rechazar a sus embajadores que habían ido a pedir para ella la mano del príncipe de Siracusa. Luego tenemos a un bello joven, el duque de Wurtemberg que va a pedir su mano, y ella se muestra tan dichosa de marchar con él que besa sonriendo en el umbral a sus padres que lloran, lo que juzgan severamente los criados inmóviles al fondo; pronto vuelve enferma, da a luz a un niño (precisamente ese duque de Wurtemberg, caléndula amarilla, que nos ha hecho ascender a lo largo de árbol de Jessé hasta su madre, rosa blanca, de donde hemos saltado a la vidriera de la izquierda), sin haber visto el único castilllo de su esposo, Fantasía, cuyo solo nombre la había decidido a casarse con él. E inmediatamente, sin esperar los cuatro acontecimientos de la base de la vidriera que nos representan en Italia a la pobre princesa moribunda, y a su hermano Nemours acudiendo junto a ella, mientras que la reina de Francia manda preparar una flota para ir junto a su hija, miramos ese castillo Fantasía en donde ella fue a alojar su vida desordenada, y en la vidriera siguiente percibimos, pues los lugares tienen su historia como las razas, en esa misma Fantasía, a otro príncipe, también

fantasioso, que también había de morir joven y tras
tan extraños amores, Luis II de Baviera; y en efecto,
por debajo de la primera vidriera habíamos leído sin
ni siquiera prestar atención estas palabras de la reina
de Francia: "Un castillo cerca de Barent". Pero es
preciso que volvamos al árbol de Jessé, príncipe de
Wurtemberg, caléndula amarilla, hijo de Luisa de
Francia, neguilla azul. ¡Cómo! ¿Vive aún su hijo, que
ella apenas conoció? Y cuando habiendo preguntado
a su hermano cómo estaba, le dijo: "No muy mal,
pero los médicos están inquietos", ella respondió:
"Nemours, te comprendo", y luego se mostró dulce
con todos, pero ya no volvió a pedir que se le ense-
ñara su hijo, ante el temor de que sus lágrimas la trai-
cionaran. ¡Cómo! ¿Vive aún este niño, vive el príncipe
real Wurtemberg? Quizá se le parezca, quizá ha
heredado de ella algo de sus gustos por la pintura, por
el sueño, por la fantasía, que ella creía alojar tan bien
en su castillo Fantasía. Cómo recibe su figura en la
pequeña vidriera un sentido nuevo desde que lo
sabemos hijo de Luisa de Francia. Pues esos bellos
apellidos nobles, o están sin historia y oscuros como
un bosque, o, históricos, siempre la luz de los ojos,
bien conocidos por nosotros, de la madre, ilumina
toda la figura del hijo. El rostro de un hijo que vive,
ostensorio en que ponía toda su fe una sublime madre
muerta, es como una profanación de aquel recuerdo
sagrado. Pues es aquel rostro al que esos ojos supli-
cantes han dirigido un adiós que ya no iba a poder olvidar un solo segundo. Pues es con la línea tan bella de
la nariz de su madre con la que se ha hecho la suya, pues
es con la sonrisa de su madre con la que incita a la
perdición a las muchachas, pues es con el movimiento

de cejas de su madre para mirarle con más ternura con lo que miente, pues queda esa expresión que su madre adoptaba cuando hablaba de todo lo que le resultaba indiferente, es decir, de todo lo que no era él, la tiene él ahora cuando habla de ella, cuando dice con indiferencia "mi pobre madre".

Junto a estas vidrieras se hallan vidrieras secundarias, en donde sorprendemos un apellido oscuro, entonces, apellido del capitán de la guardia que salva al Príncipe, del patrón del navío que lo lanza al mar para que escape la princesa, apellido noble pero oscuro y que se llegó a conocer después, nacido entre circunstancias trágicas como una flor entre dos adoquines, y que lleva para siempre en él el reflejo de la abnegación que lo ilustra y lo hipnotiza todavía. Por mi parte, hallo más enternecedores todavía a esos apellidos nobles, todavía querría penetrar mucho más en el alma de los hijos que no ilumina más que la sola luz de ese recuerdo, y que de todas las cosas posee la visión absurda y deformada que da ese resplandor trágico. Me acuerdo de haberme reído de ese hombre encanecido, que prohibía a sus hijos que hablaran a un judío, rezando sus oraciones en la mesa, tan correcto, tan avaro, tan ridículo, tan enemigo del pueblo. Y su apellido se ilumina ahora para mí cuando vuelvo a verlo, apellido de su padre, que hizo escapar a la duquesa de Berri en un barco, alma en donde ese resplandor de la vida inflamada por el que vemos enrojecer el agua en el instante en que apoyada sobre él la duquesa va a hacerse a la vela, ha sido la única luz que queda. Alma de naufragio, de antorchas encendidas, de felicidad no razonada, alma de vidriera. Quizás encontrase yo bajo esos apellidos algo tan diferente a mí que en la realidad resultaría aquello casi de la misma sustancia que un apellido. Pero, ¡cómo se burla la naturaleza de todos! He aquí que entro en relación con un joven infinitamente inteligente y más bien como si se tratara de un hombre importante del mañana que de un gran hombre de hoy, que no sólo ha llegado y comprendido, sino que ha superado y renovado el socialismo, el nietzcheísmo, etc. Y me doy cuenta de que es el hijo del hombre que yo veía en el comedor de la mansión tan sencillo con sus adornos ingleses que parecía como la habitación del *Rêve de sainte Ursule,* o la habitación en donde la reina recibe a los embajadores que le suplican en la escena de la vidriera que huya, antes de que se haga a la mar, cuyo reflejo trágico esclarecía para mí su silueta, como sin duda, desde el interior de su pensamiento, le iluminaba el mundo.

VUELTA A GUERMANTES

YA NO SON un apellido; por fuerza han de sernos menos que lo que soñábamos de ellos. ¿Menos? Y quizá más, también. Ocurre con un monumento lo que con una persona. Se nos impone por un signo que generalmente ha escapado a las descripciones que de él se nos han hecho. Lo mismo que será el plegarse de su piel cuando ríe, o ese gesto un tanto simple de la boca, la nariz demasiado grande, o su caída de espaldas, lo que nos chocará en la primera ocasión en que vemos a un personaje célebre del que se nos ha hablado, lo mismo sucede cuando vemos por primera vez San Marcos de Venecia, el monumento nos parecerá bajo ante todo, bajo y ancho con las astas de bandera como un palacio de exposición, o en Jumièges esas gigantescas torres de catedral en el patio del conserje de una pequeña propiedad de los alrededores de Rouen, o en Saint-Wandrille esa encuadernación rococó de un misal romántico, como en una ópera de Rameau ese aspecto galante de un drama antiguo. Las cosas son menos bellas que el sueño que tenemos de ellas, pero más concretas que la noción abstracta que se tiene de ellas. ¿Te acuerdas con qué placer recibías las simples cartas tan felices que yo te enviaba de Guermantes? Luego muchas veces me has pedido: "Relátame un poco tu placer". Pero a los niños no les gusta dar la impresión de haber experimentado placer, por miedo de que los padres no los compadezcan.

Te aseguro que tampoco les gusta dar la impresión de haber sentido pena para que sus padres les compadezcan demasiado. Nunca te he hablado de Guermantes. Tú me preguntabas cómo es que todo lo que yo he visto, y que tú creías que me iba a hacer falta, había supuesto una decepción para mí, siendo así que Guermantes no lo fue. Pues bien, no encontré en Guermantes lo que buscaba. Pero encontré otra cosa. Lo que hay de bello en Guermantes, es que los siglos que ya no existen luchan por perdurar todavía; el tiempo ha adoptado la forma del espacio, pero no se le confunde. Cuando se entra en la iglesia, a la izquierda, hay tres o cuatro arcadas redondas que no se parecen a los arcos ojivales del resto y que desaparecen encastradas en la piedra de la muralla, en la construcción más nueva en la que se las ha engarzado. Es el siglo XI, con sus pesadas espaldas redondas que está allí, furtivamente aún, al que se ha tapiado, y que mira con asombro al siglo XIII y al XV que se ponen delante de él, que ocultan aquella troquedad y que nos sonríen. Pero reaparece más abajo, con más libertad, en la sombra de la cripta, o entre dos piedras, como la mancilla de los antiguos homicidios que cometió aquel príncipe en las personas de los hijos de Clotario (…) dos pesados arcos bárbaros de tiempos de Chilperico. Se advierte a la perfección que se cruzan los tiempos, como cuando un recuerdo antiguo nos viene a la memoria. Esto no ocurre ya en la memoria de nuestra vida, sino en la de los siglos. Cuando se llega a la sala del claustro, que da entrada al castillo, se pasa sobre las tumbas de los abades que gobernaron este monasterio desde el siglo VIII, y que están tumbados bajo nuestros pies y las losas grabadas; están echados con una cruz en la mano, hollando con los pies una hermosa inscripción latina.

Y si Guermantes no decepciona, como todas las cosas de la imaginación cuando se convierten en algo real, es sin duda porque en ningún momento constituye algo real, pues incluso cuando uno se pasea, se siente que las cosas que hay allí no son más que la envoltura de otras, que la realidad no está allí sino muy lejos, que esas cosas con las que se ha tomado contacto no son más que una encarnación del Tiempo, y la imaginación trabaja sobre el Guermantes visto, como sobre el Guermantes leído, porque todas esas cosas no son todavía más que palabras, palabras llenas de magníficas imágenes y que significan otra cosa. Se trata en efecto de este gran refectorio empedrado de diez, luego veinte, luego cincuenta abades de Guermantes, todos de tamaño natural, representando los cuerpos que están debajo. Es como si un cementerio de hace diez siglos hubiera vuelto a nosotros para servirnos de embaldosado. El bosque que desciende en pendiente por debajo del castillo, no es como esos bosques que hay alrededor de los castillos, bosques de caza que no son más que una multiplicación de árboles. Es el antiguo bosque de Guermantes, en donde cazaba Childeberto, y, en verdad, como en mi linterna mágica, como en Shakespeare o en Maeterlinck, "a la izquierda hay un bosque". Se dibuja sobre la colina que domina Guermantes, él ha afelpado de verde trágico el lado oeste, como en la ilustración iluminada de una crónica merovingia. Gracias a esta perspectiva, aunque profundo, está delimitado. Es "el bosque" que en el drama aparece "a la izquierda". Y al otro lado, abajo, el río en donde fueron arrojados los desnervados de Jumièges* las torres del castillo todavía, no te digo que sean *de* aquel tiempo, sino que *están* en aquel tiempo. Es lo que conmueve cuando se las contempla. Siempre se dice que las cosas antiguas han visto muchas cosas luego y que ahí reside el secreto de su emoción. Nada más falso. Mira las torres de Guermantes: ven todavía el cabalgar de la reina Matilde, su consagración por Carlos el Malo. Luego no han visto ya nada. El instante en que viven las cosas lo fija el pensamiento que las refleja. En ese momento son pensadas, reciben su forma. Y su forma, hace durar inmortalmente un tiempo en el seno de otros. Sueña que se elevaron las torres de Guermantes erigiendo allí indestructiblemente el siglo XIII, en una época en que, por muy lejos que llegara su vista, no habrían percibido para saludarlas y sonreírles las torres de Chartres, las torres de Amiens, ni las torres de París, que aún no existían. Más antigua que ellas, piensa en ese algo inmaterial, la abadía de Guermantes, más antigua que estas construcciones, que existía desde hacía mucho tiempo, cuando Guillermo partió a la conquista de Inglaterra, mientras que las torres de Beauvais, de Bourges, no se alzaban todavía, y que durante la noche el viajero que se alejaba no las veía por encima de las colinas de Beauvais elevarse al cielo, en una época en que las casas de La Rochefoucauld, de Noailles, de Uzès, apenas alzaban a ras de tierra su poder que iba a ascender lentamente como una torre

---

* Alude a la antigua costumbre de cortar los tendones del talón y la corva a los vencidos. (Nota del revisor*).*

hasta los aires, atravesar uno a uno los siglos, mientras que, torre lardera de la feroz Normandía, Harcourt con su apellido orgulloso y amarillento aún no tenía en lo alto de su torre de granito cincelado los siete florones de la corona ducal, mientras que, bastión a la italiana que iba a convertirse en el mayor castillo de Francia, Luynes no había hecho brotar todavía de nuestro suelo todas esas señorías, todos esos castillos de príncipe, y todos esos castillos fortaleza, el principado de Joinville, las fortificaciones almenadas de Châteadum y de Montfort, las enramadas del bosque de Chevreuse con sus armiños y sus corzas, todas esas posesiones místicamente al sol a través de Francia, un castillo en el mediodía, un bosque en el oeste, una villa al norte, todo eso unido por alianzas y cercado por murallas, todas esas posesiones al sol brillante, unidas la una a la otra abstractamente por su poder como en un símbolo heráldico, como un castillo de oro, una torre de plata, estrellas de arena que a través de los siglos han inscrito simétricamente conquistas y matrimonios en los cuarteles de un campo de azur.

—Pero si estabas a gusto, ¿por qué volviste?

—Ahora verás. Una vez, contrariamente a nuestras costumbres, habíamos ido a dar un paseo durante el día. En un paraje por el que ya habíamos pasado algunos días antes y desde el que la vista abarcaba una hermosa extensión de campos, bosques, caseríos, de repente, a la izquierda, una franja del cielo en una pequeña extensión pareció oscurecerse y adoptar una consistencia, una especie de vitalidad, de irradiación que no habría tenido una nube, y por fin cristalizó conforme a un sistema arquitectónico en forma de una pequeña ciudad azulada dominada por un doble campanario. Inmediatamente reconocí la figura irregular, inolvidable, querida y temible. ¡Chartres! ¿De dónde provenía aquella aparición de la ciudad junto al cielo, como tal gran figura simbólica aparecía la víspera de una batalla a los héroes de la Antigüedad, como… vio Cartago, como Eneas?…[1]

Pero si la edificación geométrica y vaporosa que relucía vagamente, como si la hubiese mecido imperceptiblemente la brisa, tenía ese aspecto de aparición sobrenatural, era tan familiar, ponía en el horizonte la figura amada de la ciudad de nuestra infancia, como en ciertos paisajes de Ruysdaël, a quien agradaba, en la lejanía del cielo unas veces azul, otras gris, que se distinguiera su querido campanario de Harlem…

* * *

CUANDO íbamos a Combray con mi abuela, siempre nos obligaba a detenernos en Chartres. Sin saber demasiado por qué, veía en ellos[2] esta ausencia de vulgaridad y de pequeñez que hallaba en la naturaleza, cuando la mano del hombre no la retoca, y en esos libros que con estas dos condiciones —falta de vulgaridad, y ausencia de afectación— creía inofensivos para los niños, en esas personas que no tienen nada de vulgar ni de mezquino. Creo que veía en ellos un aire "natural" y "distinguido". De cualquier forma, le gustaban y pensaba que saldríamos ganando viéndolos. Como no sabía absolutamente nada de arquitectura, ignoraba que

---

1. Laguna en el manuscrito.
2. Se trata de los campanarios.

fuesen bellos y decía: "Hijos míos, podéis reíros de mí, no son parejos, quizá no son hermosos 'según los cánones', pero su vieja figura irregular me gusta. En su tosquedad hay algo que me resulta muy agradable. Creo que si tocaran el piano, lo harían con alma". Y al mirarlos, los seguía tan bien que su cabeza, su mirada, se lanzaba, diríase que quería lanzarse hacia ellos, y al mismo tiempo, sonreía bondadosamente a las viejas piedras gastadas.

Pienso incluso que ella, que no "creía", tenía sin embargo esa fe implícita, que aquella especie de belleza que hallaba en ciertos monumentos, la situaba, sin apercibirse, en otro plano, en un plano más real que nuestra vida. Pues el año en que murió de un mal que conocía y cuyo desenlace no ignoraba, vio por primera vez Venecia de la que no le gustó de verdad más que el palacio de los Dogos. Se sentía feliz cada vez que aparecía a la vuelta de un paseo, a lo lejos sobre la laguna, y sonreía a las piedras grises y rosas con esa actitud imprecisa que adoptaba cuando trataba de entrar en un sueño noble y oscuro. Pues bien, manifestó en varias ocasiones que se sentía muy dichosa de haberlo visto antes de morir, de pensar que podía no haberlo visto. Creo que en un momento en que los placeres que no son más que placeres dejen de contar, pues el ser para el que son placeres no existirá ya, y que al desvanecerse uno de los dos términos desaparece el otro, no habría atribuido tanta importancia a aquella alegría, si no hubiese experimentado una de esas alegrías que, en un sentido que comprendemos mal, sobreviven a la muerte, dirigiéndose en nosotros a algo que cuando menos no se halla bajo su imperio. El poeta que da su vida a una obra de la que no recogerá los frutos más que después de su muerte, ¿obedece realmente al deseo de una gloria que no disfrutará? ¿Y no es más bien una parte eterna de él mismo la que actúa, mientras que se entrega él (e incluso si aquélla no puede actuar más que en esta vida efímera) a una obra igualmente eterna? Y si hay contradicción entre lo que sabemos de la fisiología y la doctrina de la inmortalidad del alma, ¿no existe contradicción también entre algunos de nuestros instintos y la doctrina de la desaparición total? Quizá no sea más verdadera la una que la otra, y la verdad se halle en otra parte, como por ejemplo, en el caso de dos personas a quienes se hubiese hablado del teléfono hace cincuenta años, si la una hubiese creído que se trataba de una superchería, y la otra que era un fenómeno de acústica y que la voz se conservaba indefinidamente en tubos, ambas se habrían equivocado igualmente.

* * *

YO NO podía mirar jamás sin tristeza los campanarios de Chartres, pues muchas veces acompañábamos a mamá hasta Chartres cuando dejaba Combray antes que nosotros. Y la forma ineluctable de los dos campanarios se me antojaba tan terrible como la estación. Me dirigía hacia ellos como hacia el instante en que habría que decir adiós a mamá, sentir cómo mi corazón se partía en el pecho, alejarse de mí para seguirla y volver solo. Me acuerdo de un día especialmente triste…

Habiéndonos invitado Mme. de Z… a ir a pasar algunos días a su casa, se decidió que partiría ella con mi hermano y que yo me reuniría con ella algo más tarde, con mi padre. No me lo dijeron para que no me sintiera de antemano demasiado triste. Pero nunca he podido comprender cómo cuando se intenta ocultarnos alguna cosa, el secreto, por muy bien guardado que esté, actúa involuntariamente en nosotros, nos provoca una especie de irritación, de sentimiento persecutorio, y de delirio de búsqueda. Es así cómo en una edad en que los niños no pueden tener idea alguna de las leyes de la procreación, notan que se les engaña, tienen el presentimiento de la verdad. No sé yo qué indicios misteriosos se acumularon en mi cerebro. Cuando la mañana de la marcha entró mamá alegremente en mi alcoba, en mi opinión disimulando la pena que también sentía, y me dijo riendo, mientras citaba a Plutarco: "Ante las grandes catástrofes, Leónidas sabía mostrar un rostro…[3] Espero que mi pajarito sea digno de Leónidas", yo le contesté: "Te vas" con un tono tan desesperado que se sintió visiblemente turbada; creí que quizá pudiese retenerla o hacer que me llevara consigo; yo creo que fue eso lo que dijo a mi padre, pero sin duda él se negó, y me dijo ella que todavía tenía algo de tiempo antes de ir a prepararse, y que había reservado ese tiempo para hacerme una pequeña visita.

Ella tenía que marchar, ya lo he dicho, con mi hermanito, y como dejaba la casa mi tío lo había llevado a Évreux para que lo fotografiaran. Le habían rizado los cabellos como a los hijos del conserje cuando se los fotografía, su grueso rostro lo ceñía un casquete de pelo negro esponjoso con grandes lazos colocados como los

---

3. Laguna en el manuscrito.

de una infanta de Velásquez; lo miré con la sonrisa del niño de más edad hacia el hermano a quien quiere, sonrisa en la que no se sabe qué hay más, admiración, superioridad irónica o ternura. Mamá y yo fuimos a buscarlo para que yo le dijese adiós, pero fue imposible encontrarlo. Comprendió que no podría llevarse el cabritillo que le habían dado, y que era, con un carrito magnífico que llevaba siempre consigo, todo su cariño, y que "prestaba" algunas veces a mi padre, haciéndole un favor. Como después de la estancia en casa de Mme Z… volvía a París, pensaban regalar el cabritillo a los colonos vecinos. Mi hermano, presa y colmado de dolor, había querido pasar el último día con su cabritillo, o quizá también, creo, ocultarse, para vengarse haciéndole perder el tren a mamá. Lo cierto es que, tras haberlo buscado por todas partes, bordeamos el bosquecillo en cuyo centro se hallaba la explanada donde se enganchaban los caballos para sacar el agua, y a donde jamás iba ya nadie, sin pensar ni por un momento que mi hermano pudiese estar allí, cuando una conversación entrecortada por gemidos hirió nuestros oídos. Era en efecto la voz de mi hermano, e inmediatamente notamos que no podía vernos; sentado en el suelo contra su cabritillo y acariciándole cariñosamente la cabeza con la mano, besándole en su nariz pura y algo rojiza de presumido, insignificante y cornudo, el grupo recordaba muy poco al que los pintores ingleses han solido dar de un niño acariciando un animal. Si mi hermano, con su trajecito de fiesta, y su faldón de encaje, sosteniendo en una mano, junto al inseparable carrito, taleguillas de seda en donde se le había metido su merienda, su neceser de viaje y espejitos de cristal, tenía toda la magnificencia de los niños ingleses junto al animal, su rostro, en cambio, no expresaba, bajo ese lujo que hacía más sensible el contraste, más que la más feroz desesperación, tenía los ojos encarnados, el cuello oprimido por los perifollos, como una princesa de tragedia pomposa y desesperada. A veces, con su mano desbordada por el carrito, las taleguillas de satén que no quería dejar, pues con la otra no dejaba de estrechar y acariciar al cabritillo, recogía sus cabellos sobre la cabeza con la impaciencia de Fedra.

Quelle importune main en formant tous ces noeuds,
A pris soin sur mon front d'assambler mes cheveux?[4]

"Cabritillo mío, exclamaba, atribuyendo al cabritillo la tristeza que sólo él experimentaba, vas a ser desgraciado sin tu amito, ya no me volverás a ver más, nunca, nunca", y sus lágrimas nublaban sus palabras "nadie será bueno contigo, ni te acariciará como yo. Pero qué bien te portabas, niñito mío, cariñito mío", y notando que sus llantos lo ahogaban se le ocurrió de golpe, para llevar al colmo su desesperación, la idea de cantar una tonada que había oído a mamá y cuya conformidad con la situación redoblaba los sollozos. "Adiós, voces extrañas me reclaman lejos de ti, apacible hermana de los ángeles".

Pero mi hermano, aunque no tenía más que cinco años y medio era más bien de natural violento, y pasando del enternecimiento de sus desgracias y las de su cabritillo a la cólera contra los perseguidores, tras

---

4. ¿Qué inoportuna mano haciendo todos esos lazos,
    Se ha preocupado de reunir sobre mi frente los cabellos?

un segundo de vacilación, se puso a destrozar tirando con fuerza al suelo los espejillos, a pisotear las talegas de satén, a arrancarse, no los cabellos, sino los lacitos que le habían puesto en el pelo, a rasgar su bonito traje asiático, lanzando agudos chillidos: "¿Por qué estar guapo si ya no te veré más?", exclamó llorando. Mi madre, viendo desgarrar los encajes del traje, no pudo seguir insensible ante un espectáculo que hasta aquí más bien la había enternecido. Se adelantó, mi hermano oyó el ruido, se calló inmediatamente, la divisó sin saber si había sido visto, y con un aire muy atento y retrocediendo se ocultó detrás del cabritillo. Pero mi madre fue hacia él. Había que irse, pero él puso como condición que el cabritillo lo acompañara hasta la estación. El tiempo apremiaba, mi padre, desde abajo, se extrañaba de no vernos volver, y mi madre me había enviado a decirle que nos reuniéramos en la vía que se atravesaba pasando por un atajo de detrás del jardín, pues sin ello habríamos corrido el riesgo de perder el tren, y mi hermano se adelantó llevando al cabritillo de la mano como para el sacrificio, y con la otra tirando de las talegas que habíamos recogido, los pedazos de los espejos, el neceser y el carrito que arrastraba por el suelo. Por momentos, sin atreverse a mirar a mamá, lanzaba dirigidas a ella, sin dejar de acariciar al cabritillo, palabras sobre la intención de las cuales no podía ella engañarse: "Mi pobre cabritillo, no eres tú el que busca entristecerme, separarme de los que yo quiero. Tú no eres una persona, pero no eres malo tampoco, no eres como estos malos", decía echando una mirada de reojo a mamá, como para apreciar el efecto de sus palabra y ver si no se había pasado de la raya, "tú, nunca me has hecho sufrir", y se ponía a sollozar. Pero llegado al ferrocarril, y habiéndome pedido que le tuviera un momento el cabritillo, en su rabia contra mamá se abalanzó, se sentó en medio de la vía, y mirándonos con un aire de desafío, no se movió. En aquel lugar no había barrera. En cualquier momento podía pasar un tren. Mamá, loca de miedo, se abalanzó sobre él, pero por más que tiraba con una fuerza inaudita de su trasero sobre el cual tenía la costumbre de dejarse resbalar y recorrer el jardín cantando en los días mejores, él se pegaba a los raíles sin que lograra arrancarlo de allí. Ella estaba lívida de terror. Afortunadamente mi padre llegaba con dos criados que venían a ver si se necesitaba algo. Se precipitó, arrancó a mi hermano, le propinó dos cachetes, y dio la orden de que se devolviera el cabritillo. Aterrorizado, mi hermano tuvo que marchar, pero mirando durante mucho tiempo a mi padre con un furor concentrado, exclamó: "¡Ya no te prestaré jamás mi carrito!". Luego, comprendiendo que ninguna palabra podría superar el furor de aquélla, no dijo nada más. Mamá me cogió aparte y me dijo: "Tú que eres mayor, sé razonable, te lo pido, no pongas cara triste en el momento de la marcha, tu padre ya está enojado porque yo me voy, trata de que no nos encuentre a los dos insoportables". Yo no proferí ni una queja para mostrarme digno de la confianza que ella me testimoniaba y de la misión que me confió. A veces se apoderaba de mí una furia irresistible contra ella, contra mi padre, un deseo de hacerlos perder el tren, de estropear su plan urdido contra mí para separarme de ella. Pero se estrellaba ante el miedo de causarle pena, y seguía sonriendo y destrozado, helado de tristeza.

Volvimos a almorzar. En honor "de los viajeros" se había confeccionado un almuerzo copioso, con entrantes, ave, ensalada, dulces. Mi hermano que seguía fiero en su dolor, no dijo una palabra durante toda la comida. Inmóvil en su silla alta, parecía absorto en su pesar. Se hablaba de unas cosas y otras, cuando al término de la comida, en los postres, resonó un grito agudo: "Marcel tiene más crema en el chocolate que yo", exclamó mi hermano. Había sido necesaria la justa indignación contra una injusticia semejante para hacerle olvidar el dolor de hallarse separado de su cabritillo. Mi madre me dijo por lo demás que no había vuelto a hablar de aquel amigo, al que la naturaleza de los apartamentos de París le había obligado a dejar en el campo, y creemos que jamás volvió a acordarse.

Salimos para la estación. Mamá me había pedido que no la acompañara a la estación, pero cedió ante mis ruegos. Desde la última velada, adoptaba la actitud de considerar mi pena legítima, de comprenderla, de pedirme únicamente que la contuviera. Una vez o dos en el camino, me invadió una especie de furor, me consideraba como perseguido por ella, y de mi padre, que me impedía partir con ella, habría querido vengarme haciéndolo perder el tren, impidiéndole partir, pegándole fuego a la casa; pero estos pensamientos no duraron más que un segundo; una sola palabra algo dura espantó a mi madre, pero muy pronto volví a mostrar mi apasionada ternura por ella, y si no la besé tanto como hubiera querido fue por no apenarla. Llegamos delante de la iglesia, luego apretamos el paso. Esta marcha hacia lo que se teme, los pasos que avanzan y el corazón que huye... Luego se volvió una vez más.

"Vamos cinco minutos adelantados", dijo mi padre. Al cabo divisé la estación. Mamá me apretó ligeramente la mano haciéndome seña de que me mostrara firme. Nos fuimos al andén, subió ella a su vagón y le hablamos desde abajo. Vinieron a decirnos que nos apartáramos, que el tren iba a salir. Mamá me dijo sonriendo: "Régulo asombraba por su entereza en las circunstancias dolorosas". Su sonrisa era la que esbozaba al citar cosas que juzgaba pedantes, y para adelantarse a las burlas si se equivocaba. También servía para indicar que lo que yo consideraba un pesar muy desgraciado, y nos había dicho adiós a todos, dejó que mi padre se alejara, me llamó un segundo y me dijo: "Los dos nos comprendemos, ¿verdad, lobito mío? Mi niño tendrá mañana una cartita de su mamá si es muy bueno. *Sursum corda*", añadió con esa indecisión que afectaba al pronunciar una cita latina, para dar la impresión de equivocarse. El tren partió, me quedé allí, pero me pareció que algo de mí se iba también.

* * *

ASÍ ES cómo lo vi[5] cuando volvía de los paseos por Guermantes y cuando tú no tenías que venir a darme las buenas noches a mi cama, así lo veía cuando te dejamos en el ferrocarril y yo veía que había que vivir en una ciudad en la que tú ya no ibas a estar. Entonces sentí esa necesidad que sentía entonces, mamaíta mía, y que nadie podía comprender, de estar cerca de ti y besarte. Y como las personas mayores tienen menos

---

5.   El campanario de Chartres.

valor que los niños, y su vida es menos cruel, hice lo que habría hecho, si me hubiera atrevido, los días que acababas de dejar Combray, cogí el tren. Repasé mentalmente todas las posibilidades de marchar, de alcanzar todavía el tren de la noche, la resistencia que quizás encontraría porque no se comprendería mi deseo salvaje, mi necesidad de ti como la necesidad de aire cuando uno se ahoga. Y Mme. de Villeparisis, que no lo comprendía, pero que advirtió que la vista de Combray me había conmovido, guardaba silencio. Aún no sabía lo que tenía que decirle. Quería hablar sobre seguro, saber de los trenes, encargar el coche, que no se me lo pudiese ya materialmente impedir. Y yo caminaba a su lado, hablábamos de las visitas del día siguiente, aunque yo sabía bien que no las haría. En fin, llegamos, el pueblo, el castillo, ya no me daban la sensación de que pudiera yo vivir mi vida, sino una vida que seguía ahora sin mí, como la de las gentes que nos dejan en el tren y vuelven sin nosotros a reemprender las ocupaciones del pueblo. Encontré una pequeña nota de Montargis, dije que era tuya, que me obligaba a marchar, que me necesitabas para un asunto. Mme. de Villeparisis se sintió desolada, y muy amable, me llevó a la estación, y tuvo esas palabras que la coquetería de la dueña de la casa y las tradiciones de la hospitalidad hacen que se parezcan a la emoción y a la amistad. Pero en París, verdad o mentira, me dijo luego: "No necesité ver su nota. Ya lo dije yo a mi marido. De camino, mientras volvíamos, ya no era usted el mismo y comprendí en seguida: es un muchacho de alma atormentada. Traza proyectos para las visitas que hará conmigo mañana, pero esta noche saldrá camino a París".

—Eso me apena, pobre lobito mío —me dijo mamá con voz turbada—, pensar que de nuevo mi chiquitín sintió una pena así, cuando dejé Combray. Pero lobito mío, hay que hacerse un corazón más duro que todo eso. ¿Qué habrías hecho si tu mamá hubiera estado de viaje?

—Los días se me habrían hecho largos.

—Pero si yo me hubiese ido para meses, para años, para…

Nos callamos los dos. Entre nosotros nunca hemos intentado demostrar que cada uno amaba al otro más que a nada en el mundo: jamás lo habíamos dudado. Se trataba de hacernos creer que nos queríamos menos de lo que parecía, y que la vida la podría soportar el que se quedase solo. Yo no deseaba que se prolongara aquel silencio, pues para mi madre se llenaba de aquella angustia tan grande que debió sentir tantas veces y que es lo que me reconforta más, al pensar que no era nueva en ella, para recordar que ella la sentiría en la hora de su muerte. Le cogí la mano casi con calma, la besé y dije:

—Sabes, puedo recordarlo, lo desgraciado que me siento durante los primeros días que nos separamos. Después, sabes que mi vida se organiza de otra manera, y sin olvidar a los seres que quiero, ya no necesito de ellos, y prescindo muy bien de ellos. Me siento enloquecido los ocho primeros días. Después me quedaré bien estando solo durante meses, años, siempre.

Dije: siempre. Pero por la noche, hablando de otra cosa, le dije que contrariamente a lo que hasta aquí había creído, los últimos descubrimientos de la ciencia y las investigaciones más extremas de la filosofía invalidaban el materialismo, hacían de la muerte algo aparente, y las almas eran inmortales y un día volverían a encontrarse…

LAS AÑORANZAS, SUEÑOS
COLOR DEL TIEMPO[*]

RELIQUIAS

HE COMPRADO todo lo que han vendido de la mujer de la que yo hubiera querido ser amigo y que ni siquiera se dignó charlar conmigo un momento. Tengo la pequeña baraja que la entretenía todas las noches, sus dos titíes, tres novelas que llevan en las tapas sus armas, su perra. Oh, delicias, caros solaces de su vida; vosotros habéis tenido, sin gozar de ellas como yo habría gozado, sin haberlas deseado siquiera, todas sus horas más libres, más inviolables, más secretas; no habéis percibido vuestra felicidad y no podéis contarla.

Naipes que ella manejaba con sus dedos cada noche junto a sus amigos preferidos, que la vieron aburrirse o reír, que asistieron al nacimiento de su amor y que ella posó para besar al que llegó después a jugar todas las noches con ella; novelas que abría y cerraba en la cama al gusto de su fantasía o de su cansancio, que elegía según su capricho del momento o sus sueños, a

---

* _Las añoranzas, sueños color del tiempo, En memoria de las iglesias asesinadas, La muerte de las catedrales_ y _Sentimientos filiales de un parricida,_ hacen parte de Marcel Proust, _Los placeres y los días_. **Parodias y miscelánea**, traducción de Consuelo Berges, Alianza, 1975. Título original: _Les plaisirs et les jours. Pastiches et mélanges._

las que los confió, que les sumaron los que ellas expresaban y le ayudaron a soñar mejor los suyos, ¿no habéis conservado nada de ella y no diréis nada de ella?

Novelas, porque ella a su vez soñó la vida de vuestros personajes y de vuestro poeta; naipes, porque ella, a su manera, sintió con vosotros la calma y a veces las fiebres de la vivas intimidades, ¿no habéis conservado nada de su pensamiento, del pensamiento que vosotros distrajisteis u ocupasteis, de su corazón que vosotros abristeis o consolasteis?

Naipes, novelas, por haber estado tantas veces en su mano, por haber permanecido tanto tiempo sobre su mesa; damas, reyes o *valets*, que fueron los inmóviles invitados de sus fiestas más locas; héroes de novelas y heroínas que soñabais junto a su cama bajo los fuegos cruzados de su lámpara y de sus ojos vuestro sueño silencioso y sin embargo lleno de goces, no habéis podido dejar evaporarse todo el perfume de que os impregnaron el aire de su cuarto, la tela de sus vestidos, el roce de sus manos o de sus rodillas.

Habéis conservado las huellas que os dejó su mano alegre o nerviosa; las lágrimas que le hizo verter una pena de libro o de vida quizá las conserváis todavía prisioneras; la luz que hizo brillar o hirió sus ojos os dio ese cálido color. Os toco estremecido, ansioso de vuestras revelaciones, inquieto por vuestro silencio. Pero, ¡ay! acaso, como vosotros, seres encantadores y frágiles, fue ella insensible, inconsciente testigo de su propia gracia. Acaso su belleza más real estuvo en mi deseo. Ella vivió su vida, pero acaso sólo yo la he soñado.

SONATA CLARO DE LUNA

I

MÁS QUE LAS fatigas del camino, me había agotado el recuerdo y el temor de las exigencias de mi padre, de la indiferencia de Pía, del encarnizamiento de mis enemigos. Durante el día me habían distraído la compañía de Asunta, su canto, su dulzura conmigo conociéndome tan poco, su belleza blanca, morena y rosada, su perfume persistente en las ráfagas del viento del mar, la pluma de su sombrero, las perlas de su cuello. Pero, a eso de las nueve de la noche, sintiéndome abrumado, le pedí que se volviera con el coche y me dejara allí descansando un poco al aire. Habíamos llegado casi a Honfleur; el lugar estaba bien elegido, contra un muro, a la entrada de una doble avenida de grandes árboles que resguardaban del viento; el aire era suave; Asunta accedió y me dejó. Me tumbé sobre el césped, mirando al cielo oscuro; mecido por el rumor del mar, que oía detrás de mí, sin distinguirlo bien en la oscuridad, no tardé en adomercerme.

En seguida soñé que la puesta de sol iluminaba a lo lejos, ante mí, la arena y el mar. Avanzaba el crepúsculo, y me parecía que era una puesta de sol y un crepúsculo como todos los crepúsculos y todas las puestas de sol. Pero vinieron a traerme una carta, quise leerla y no pude distinguir nada. Sólo entonces me di cuenta de que, a pesar de aquella impresión de luz intensa y difundida, estaba muy oscuro. Aquella puesta de sol era extraordinariamente pálida, luminosa sin claridad, y sobre la arena mágicamente iluminada se aglomeraban tantas tinieblas que yo tenía que hacer un gran esfuerzo para reconocer una concha. En aquel crepúsculo especial para los sueños, era como la puesta de un sol enfermo y descolorido en una playa polar. Mis pesadumbres se habían disipado de pronto; las decisiones de mi padre, los sentimientos de Pía, la mala fe de mis enemigos me dominaban todavía, pero sin abrumarme ya, como una necesidad natural y que había llegado a serme indiferente. La contradicción de aquel esplendor oscuro, el milagro de aquella tregua encantada en mis males no me inspiraban ninguna desconfianza, ningún miedo, sino que estaba envuelto, bañado, inmerso en una creciente dulzura cuya deliciosa intensidad acabó por despertarme. En torno a mí se extendía, espléndido y lívido, mi sueño. El muro al que me había adosado para dormir estaba en plena luz, y la sombra de su yedra se alargaba sobre él tan viva como a las cuatro de la tarde. Las ramas de un álamo de Holanda, empujadas por una brisa insensible, relucían. En el mar se veían olas y velas blancas, el cielo estaba claro, había salido la luna. De vez en cuando pasaban sobre ella ligeras nubecillas, pero entonces se teñían de matices azules de una palidez tan profunda como la gelatina de una medusa o el corazón de un ópalo. Pero la claridad, aunque brillaba por doquier, mis ojos no podían captarla en ninguna parte. Aun en la hierba, que resplandecía hasta el espejismo, persistía la oscuridad. Los bosques, una cuneta, estaban absolutamente negros. De pronto se despertó largamente, como una inquietud, un leve ruido, creció rápidamente, pareció rodar por el bosque. Era el temblor de las hojas al roce de la brisa. Las oía irrumpir una a una como olas en el vasto silencio de la noche entera. Luego, hasta este rumor se fue atenuando y se extinguió. En la estrecha pradera que se alargaba ante mí entre las dos espesas avenidas de robles, parecía correr un río de claridad contenido por aquellos dos muelles de sombra. La luz de la luna, evocando la casa del guarda, el follaje, una vela, no los había despertado de la noche en que se habían hundido. En aquel silencio de sueño, sólo alumbraba el vago fantasma de su forma, sin que se pudieran distinguir los contornos que durante el día me los hacían tan reales que me oprimían con la certidumbre de su presencia y la perpetuidad de su proximidad inocua. La casa sin puerta, las ramas sin tronco, casi sin hojas; la vela sin barco, parecían, en vez de una realidad cruelmente innegable y monótonamente habitual, el sueño extraño, inconsistente y luminoso de los árboles dormidos que se sumían en la oscuridad. La verdad es que nunca los bosques habían dormido tan profundamente, se notaba que la luna se había aprovechado para organizar sin ruido en el cielo y en el mar aquella gran fiesta pálida y dulce. Mi tristeza había desaparecido. Oía a mi padre reñirme, a Pía burlarse de mí, a mis enemigos tramar complots, y nada de todo esto me parecía real. La única realidad estaba en aquella irreal luz, y yo la invocaba sonriendo. No comprendía qué misteriosa semejanza identificaba mis cuitas con los solemnes misterios que se celebraban en los bosques, en el cielo y en el mar, pero sentía que su explicación, su consuelo, su perdón era proferido, y que no tenía importancia que mi inteligencia no estuviera en el secreto, puesto que mi corazón lo entendía tan bien. Llamé por su nombre a mi santa madre la noche, mi tristeza había reconocido en la luna a su hermana inmortal, la luna brillaba sobre los dolores transfigurados de la noche y en mi corazón, donde las nubes se habían disipado, se levantaba la melancolía.

II

ENTONCES OÍ pasos. Asunta venía hacia mí, levantada la cabeza blanca sobre un amplio abrigo oscuro. Me dijo en voz un poco baja: "Temía que tuviera usted frío, mi hermano se había acostado y he vuelto". Me acerqué a ella; me estremecí, ella me cobijó bajo su abrigo y para sujetarlo me pasó la mano en torno al cuello. Dimos unos pasos bajo los árboles, en la oscuridad profunda. Algo brilló delante de nosotros, no tuve tiempo de retroceder y me aparté creyendo que chocábamos contra un tronco, pero el obstáculo se escabulló bajo nuestros pie: habíamos pisado en la luna. Acerqué su cabeza a la mía. Ella sonrió, yo me eché a llorar, vi que aquella también lloraba. Entonces comprendimos que la luna lloraba y que su tristeza estaba al unísono de la nuestra. Los acentos desgarradores y dulces de su luz nos llegaban al corazón. La luna, como nosotros, lloraba, y, como a nosostros nos ocurre casi siempre, lloraba sin saber por qué, pero sintiéndolo tan profundamente que arrastraba en su dulce desesperación irresistible a los bosques, a los campos, al cielo que de nuevo se miraba en el mar, y a mi corazón que, por fin, veía claro en su corazón.

MANANTIAL DE LAS LÁGRIMAS QUE ESTÁN
EN LOS AMORES PASADOS

EL RETORNO de los novelistas o de sus héroes a sus amores difuntos, tan emocionante para el lector, es por desgracia muy artificial. Ese contraste entre la inmensidad de nuestro amor pasado y lo absoluto de nuestra indiferencia presente, que mil detalles materiales —un nombre recordado en la conversación, una carta encontrada en un cajón, el encuentro mismo de la persona, o más aún, su posesión *a posteriori*, por decirlo así— nos hacen percibir; ese contraste, tan triste, tan lleno de lágrimas contenidas, en una obra de arte, lo comprobamos fríamente en la vida, precisamente porque nuestro estado actual es la indiferencia y el olvido, porque nuestra amada y nuestro amor ya no nos gustan más que estéticamente a lo sumo, y porque el amor, el desasosiego, la facultad de sufrir han desaparecido. La melancolía punzante de ese contraste no es, pues, más que una verdad moral. Llegaría a ser también una realidad sicológica si un escritor la pusiera al comienzo de la pasión que describe y no cuando ya ha terminado.

En efecto, suele ocurrir que, cuando empezamos a amar, advertidos por nuestra experiencia y nuestra sagacidad —a pesar de las protestas de nuestro corazón, que tiene el sentimiento o más bien la ilusión de la eternidad de su amor—, sabemos que un día la mujer de cuyo pensamiento vivimos nos será tan indiferente como ahora nos lo son todas las demás... Oiremos su nombre sin sentir una voluptosidad dolorosa, veremos su letra sin temblar, no cambiaremos nuestro camino por verla en la calle, nos volveremos a encontrar con ella sin sobresalto, la poseeremos sin delirio. Entonces esta segura presciencia, a pesar del presentimiento absurdo y tan fuerte de que la amaremos siempre, nos hará llorar; y el amor, el amor que todavía se alzará sobre nosotros como un divino amanecer infinitamente misterioso y triste, pondrá ante nuestro dolor un poco de sus grandes horizontes extraños, tan profundos, un poco de su desolación hechicera...

AMISTAD

CUANDO estamos tristes, es dulce acostarnos en el calor de nuestro lecho, y en él, suprimidos todo esfuerzo y toda resistencia, con la cabeza misma bajo las mantas, abandonarnos por completo, gimiendo, como las ramas bajo el viento y el otoño. Pero hay un lecho mejor aún, lleno de olores divinos. Es nuestra dulce, nuestra profunda, nuestra impenetrable amistad. Cuando el lecho está triste y helado, acuesto en él, friolento, mi corazón. Enterrando hasta mi pensamiento en nuestra cálida ternura, sin percibir ya nada del exterior y sin querer ya defenderme, desarmado, pero, por milagro de nuestro cariño, inmediatamente fortificado, invencible, lloro por mi pena, y por mi alegría de tener una confianza donde encerrarla.

EFÍMERA EFICACIA DEL DOLOR

DEMOS LAS gracias a las personas que nos dan felicidad, son los encantadores jardineros que hacen florecer nuestras almas. Pero más gracias nos merecen las mujeres malas o sólo indiferentes, los amigos crueles que nos han atribulado. Nos han desvastado el corazón, sembrando hoy de residuos irreconocibles, le han arrancado los troncos y mutilado las más delicadas ramas, como un viento desolador pero que sembró algunas simientes buenas para una cosecha aleatoria.

Destruyendo todo los pequeños goces que nos ocultaban nuestra gran miseria, haciendo de nuestro corazón un patio conventual vacío y melancólico, nos han permitido al fin contemplarlo y juzgarlo. Parecido bien nos hacen las obras de teatro tristes; por eso debemos considerarlas muy superiores a las alegres, que engañan nuestra hambre en lugar de saciarla: el pan que ha de nutrirnos es amargo. En la vida feliz, no vemos en su realidad los destinos de nuestros semejantes, ya porque el interés los enmascare, bien porque el deseo los transfigure. Pero en el despego que da el sufrimiento en la vida, y en la sensación de la belleza dolorosa en el teatro, los destinos de los demás hombres y nuestro propio destino hacen oír por fin a nuestra alma atenta la eterna palabra inesperada de deber y de verdad. La obra triste de un verdadero artista nos habla con este acento de los que han sufrido, que obligan a todo hombre que ha sufrido a prescindir de todo lo demás y a escuchar.

Desgraciadamente, lo que el sentimiento trajo se lo lleva ese caprichoso, y la tristeza, más elevada que la alegría, no es duradera como la virtud. Esta mañana hemos olvidado la tragedia que anoche nos levantó tan alto que considerábamos nuestra vida en su totalidad y en su realidad con una compasión clarividente y sincera. Quizás al cabo de un año nos habremos consolado de la traición de una mujer, de la muerte de un amigo. En medio de todos estos sueños rotos, de esa alfombra de alegrías marchitas, el viento ha sembrado la buena semilla, bajo una oleada de lágrimas, pero se secarán demasiado pronto para que pueda germinar.

Después de *L'Invitée* de M. de Curel.

ELOGIO DE LA MALA MÚSICA

Detestad la mala música, no la despreciéis. Se toca y se canta mucho más, mucho más apasionadamente que la buena, mucho más que la buena se ha llenado poco a poco del ensueño y de las lágrimas de los hombres. Sea por eso venerable. Su lugar, nulo en la historia del Arte, es inmenso en la historia sentimental de las sociedades. El respeto, no digo el amor, a la mala música es no sólo una forma de lo que pudiéramos llamar la caridad del buen gusto o su escepticismo, es también la conciencia de la importancia del papel social de la música. Cuántas melodías que no valen nada para un artista figuran entre los confidentes elegidos por la muchedumbre de jóvenes romancescos y de las enamoradas. Cuántas "sortijas de oro", cuántos "Ah sigue dormida mucho tiempo", cuyas hojas son pasadas cada noche temblando por unas manos justamente célebres, mojadas por las lágrimas de los ojos más bellos del mundo, melancólico y voluptuoso tributo que envidiaría el maestro más puro —confidentes ingeniosas e inspiradas que ennoblecen el dolor y exaltan el ensueño y que, a cambio del ardiente secreto que se les confía, ofrecen la embragadora ilusión de la belleza. El pueblo, la burguesía, el ejército, la nobleza, así como tienen los mismos factores, portadores del luto que los hiere o de la alegría que los colma, tienen también los mismos invisibles mensajeros de amor, los mismos confesores queridos. Son los músicos malos. Este irritante *ritornello*, que cualquier oído bien nacido y bien educado rechaza nada más oírlo, ha recibido el tesoro de millares de almas, ha guardado el secreto de millares de vidas, de las que fue inspiración viviente, consuelo siempre a punto, siempre entreabierto en el atril del piano, la gracia soñadora y el ideal. Esos apregios, esa "entrada" han hecho resonar en el alma de más de un enamorado o de un soñador las armonías del paraíso o la voz misma de la mujer amada. Un cuaderno de malas romanzas, resobado porque se ha tocado mucho, debe emocionarnos como un cementerio o como un pueblo. Qué importa que las caras no tengan estilo, que las tumbas desaparezcan bajo las inscripciones y los ornamentos de mal gusto. De ese polvo puede elevarse, ante una imaginación lo bastante afín y respetuosa para acallar un momento sus desdenes estéticos, la bandada de las almas llevando en el pico el sueño todavía verde que las hacía presentir el otro mundo y gozar o llorar en éste.

ENCUENTRO A LA ORILLA DEL LAGO

Ayer, antes de ir a comer al *Bois*, recibí una carta de Ella que, contestando bastante fríamente y al cabo de ocho días a una carta mía desesperada, decía que temía no poder despedirse de mí antes de marcharse. Y yo, bastante fríamente también, le contesté que era mejor así y que le deseaba un buen verano. Después me vestí y atravesé el *Bois* en coche descubierto. Estaba muy triste, pero tranquilo. Estaba decidido a olvidar, había tomado mi resolución: era cuestión de tiempo.

Cuando el coche embocaba la avenida del lago, divisé al final del pequeño sendero una mujer sola que caminaba despacio. Al principio no la distinguí bien. Me hizo un pequeño saludo con la mano, y entonces la reconocí a pesar de la distancia que nos separaba. ¡Era Ella! La saludé reiteradamente. Y ella siguió mirándome como si quisiera que yo me parase y la llevara conmigo. No lo hice, pero en seguida sentí que una emoción casi exterior caía sobre mí y me apretaba fuerte. "Lo había adivinado bien —me dije—. Hay una razón que yo ignoro y por la cual ella ha simulado siempre indiferencia. Me ama, ángel querido". Me invadió una felicidad infinita, una invencible certidumbre, me sentí desfallecer y rompí a llorar. El coche iba llegando a Armenonville, me enjugué los ojos y ante ellos pasaba, como para secar también sus lágrimas, el dulce saludo de su mano y en ellos se fijaban sus ojos dulcemente interrogadores, pidiendo subir conmigo.

Llegué radiante a la comida. Mi alegría se derramaba sobre todo en amabilidad gozosa, agradecida y cordial, y la idea de que nadie sabía qué mano desconocida por ellos, la pequeña mano que me había saludado, había encendido en mí aquella gran fogata de alegría cuyo resplandor todos veían, añadía a mi felicidad el encanto de las voluptuosidades secretas. Ya sólo esperaban a madame de T..., y llegó en seguida. Es la persona más insignificante que conozco, y aunque más bien de buen tipo, la más desagradable. Pero yo me sentía demasiado feliz para no perdonarle todos sus defectos, sus fealdades, y me acerqué a ella sonriendo con aire afectuoso.

—Hace un momento estuvo usted menos amable —me dijo.

—¡Hace un momento! —exclamé extrañado—. Hace un momento yo no la he visto.

—¡Cómo es eso! ¿No me reconoció? Verdad es que estaba usted lejos; yo iba por la orilla del lago, usted pasó muy orgulloso en coche, lo saludé con la mano y tenía muchas ganas de subir con usted para no llegar tarde.

—¡Conque era usted! —exclamé, y añadí varias veces desolado—: ¡Perdóneme, perdóneme!

—¡Qué desesperado está! La felicito, Carlota —dijo la dueña de la casa—. ¡Pero consuélese, puesto que ahora está con ella!

Yo estaba consternado, toda mi felicidad había desaparecido.

Y lo más horrible es que aquello no fue como si no hubiera sido. Aquella imagen amante de la que no me amaba, incluso después de reconocer yo mi error, cambió por mucho tiempo todavía la idea que yo me hacía de ella. Intenté una reconciliación, tardé más en olvidarla y muchas veces, en mi pena, por consolarme procurando creer que eran las suyas como yo las había sentido al principio, cerraba los ojos para volver a ver aquellas pequeñas manos que me saludaban, que tan bien habrían enjugado mis ojos, que tan bien habrían refrescado mi frente, sus pequeñas manos enguantadas que tendía dulcemente a la orilla del lago como frágiles símbolos de paz, de amor y de reconciliación, mientras sus ojos tristes e interrogadores parecían suplicar que la llevara conmigo.

* * *

ASÍ COMO un cielo sanguinolento advierte al transeúnte: allí hay un incendio, así ciertas miradas ardientes suelen denunciar pasiones, solamente reflejarlas. Son las llamas del espejo. Pero también ocurre a veces que algunas personas indiferentes y alegres tiene ojos grandes y oscuros como penas, como si se hubiera interpuesto un filtro entre su alma y sus ojos y hubiera "pasado", por decirlo así, sin más fuego ya que el fervor de su egoísmo —ese simpático fervor del egoísmo que atrae a los demás tanto como los aleja la incendiaria pasión—, su alama seca no será ya más que el palacio imaginario de las intrigas. Pero sus ojos siempre inflamados de amor y que un rocío de languidez regará, lustrará, los hará flotar, sumergirá sin poder apagarlos, asombrará al mundo con su trágica llama. Esferas gemelas ya independientes de su alma, esferas de amor, ardientes satélites de un mundo para siempre enfriado seguirán emitiendo hasta su muerte un resplandor insólito y decepcionante, falsos profetas, perjuros también que prometen un amor que su corazón no cumplirá.

EL FORASTERO

DOMINGO se había sentado cerca de la lumbre apagada esperando a sus invitados. Cada noche invitaba a algún gran señor a cenar en su casa con personas ingeniosas, y como era de buena cuna, rico y simpático, no lo dejaban nunca solo. Todavía no se habían encendido las luces y el día moría tristemente en la estancia. De pronto se oyó una voz, una voz lejana e íntima que le decía: "Domingo". Y nada más oírla pronunciar, pronunciar tan lejos y tan cerca "Domingo", se quedó helado de miedo. No había oído jamás aquella voz, y sin embargo, la reconocía muy bien, sus remordimientos reconocían perfectamente la voz de una víctima, de una noble víctima inmolada. Intentó recordar qué crimen antiguo había cometido, y no lo recordó. Sin embargo el tono de aquella voz le reprochaba claramente un crimen, un crimen que seguramente había cometido él sin darse cuenta, pero del que era responsable —lo testimoniaban su tristeza y su miedo—. Alzó los ojos y, de pie, ante él, grave y familiar, vio a un forastero de una traza vaga e impresionante. Domingo saludó con unas palabras respetuosas a su autoridad melancólica y segura.

—Domingo, ¿seré yo el único al que no invites a cenar? Tienes agravios que reparar conmigo, agravios antiguos. Además te enseñaré a pasar sin los demás, que cuando seas viejo ya no vendrán.

—Te invito a cenar —contestó Domingo con una gravedad afectuosa que él no se conocía.

—Gracias —dijo el forastero.

No llevaba ninguna corona en su sortija, y la inteligencia no había escarchado en su palabra sus brillantes agujas. Pero la gratitud de su mirada fraternal y fuerte embriagó a Domingo de una felicidad desconocida.

—Pero si quieres que me quede contigo, tienes que despedir a los demás invitados.

Domingo los oyó llamar a la puerta. No había encendido las luces, estaba completamente oscuro.

—No puedo despedirlos —contestó Domingo—, no puedo estar solo.

—En realidad, conmigo estarías solo —dijo tristemente el forastero—. Sin embargo deberías sin duda tenerme contigo. Deberías reparar los antiguos daños que me hiciste. Yo te quiero más que ellos y te enseñaría a pasar sin ellos, que, cuando seas viejo, ya no vendrán.

—No puedo —dijo Domingo.

Y se dio cuenta de que acababa de sacrificar una noble felicidad por orden de una costumbre imperiosa y vulgar, una costumbre que ni siquiera tenía placeres que ofrecer en pago a su obediencia.

—Escoge pronto —replicó el extranjero suplicante y altivo.

Domingo fue a abrir la puerta a los invitados, y al mismo tiempo preguntaba al forastero sin atreverse al volver la cabeza:

—¿Quién eres?

Y el forastero, el forastero que ya desaparecía, le dijo:

—La costumbre a la que me sacrificas todavía esta noche será más fuerte mañana por la sangre de la herida que me haces para alimentarla. Más imperiosa por haber sido obedecida una vez más, cada día te apartará de mí, te obligará a hacerme sufrir más. Pronto me habrás matado. No volverás a verme nunca. Y sin embargo me debías más que a ellos, esos que pronto te abandonarán. Yo estoy en ti y sin embargo estoy para siempre lejos de ti, ya casi no existo. Soy tu alma, soy tú mismo.

Habían entrado los invitados. Pasaron al comedor y Domingo quiso contar su conversación con el visitante desaparecido, pero Girolamo, ante el aburrimiento general y ante el visible cansancio del dueño de la casa, lo interrumpió a satisfacción de todos y del mismo Domingo sacando esta conclusión:

—No se debe estar nunca solo, la soledad engendra la melancolía.

En seguida tornaron a beber. Domingo charlaba animadamente pero sin alegría, halagado sin embargo por la brillante ocurrencia.

SUEÑO

Tus lágrimas corrían para mí, mis labios bebieron tus lágrimas.
ANATOLE FRANCE.

No TENGO que hacer ningún esfuerzo para recordar cuál era el sábado (hace cuatro días) mi opinión sobre *madame* Dorothy B... Quiso la casualidad que precisamente aquel día se hablara de ella y yo fui sincero al decir que no me parecía ni encantadora ni inteligente. Creo que tiene veintidós o veintitrés años. Por lo demás la conocía muy poco, y cuando pensaba en ella ningún recuerdo vivo venía a aflorar en mi imaginación, no tenía más que las letras de su nombre ante mis ojos.

El sábado me acosté temprano. Pero a eso de las dos arreció tanto el viento que tuve que levantarme para cerrar un postigo mal sujeto que me había despertado. Eché una mirada retrospectiva al breve sueño que acababa de dormir y me alegré de que hubiera sido reparador, sin malestar, sin sueños. En cuanto volví a acostarme me dormí de nuevo. Pero al cabo de un tiempo difícil de precisar, me desperté poco a poco, o más bien me encontré poco a poco en el mundo de los sueños, confuso al principio como lo es el mundo real en un despertar ordinario, pero que se fue precisando. Estaba descansando en la playa de Trouville, que era al mismo tiempo una hamaca en un jardín que yo conocía, y una mujer me miraba con dulce fijeza. Era *madame* Dorothy B... No estaba más sorprendido que cuando reconozco mi habitación al despertarme por la mañana. Y tampoco lo estaba más por el encanto sobrenatural de mi compañera y por los arrebatos de adoración voluptuosa y a la vez espiritual que su presencia me causaba. Nos mirábamos con un aire de connivencia y estaba a punto de realizarse un gran milagro de felicidad y de gloria del que éramos conscientes, del que ella era cómplice y por el que yo tenía una gratitud infinita. Pero ella me decía:

— Es absurdo que me lo agradezcas, ¿no harías tú lo mismo por mí?

Y el sentimiento (era por lo demás una perfecta certidumbre) de que yo haría lo mismo por ella exaltaba mi alegría hasta el delirio como el símbolo manifiesto de la más estrecha unión. Hizo con el dedo una señal misteriosa y sonrió. Y yo sabía, como si estuviera a la vez en ella y en mí, que aquello significaba: "Todos tus enemigos, todos tus males, todos tus pesares, todas tus flaquezas, ¿todo eso no es ya nada?". Y sin haber dicho yo una palabra, ella me oía contestarle que había destruido todo, que había magnetizado voluptuosamente mi sufrimiento. Y se me acercó, me acariciaba el cuello con sus manos, me levantaba despacio las guías del bigote. Después me dijo: "Ahora vamos hacia los otros, entremos en la vida". Me embargaba una alegría sobrehumana y me sentía con fuerza para realizar toda aquella felicidad virtual. Quiso darme una flor, sacó de entre sus senos una rosa todavía cerrada, amarilla y rosada y me la puso en el ojal. De pronto sentí que una voluptuosidad nueva acrecía mi embriaguez. Era la rosa que, prendida en mi ojal, había empezado a exhalar hasta mi nariz su aroma de amor. Vi que mi alegría turbaba a Dorothy con una emoción que yo no podía comprender. En el momento preciso en que sus ojos (por la misteriosa conciencia que yo tenía de su individualidad, estaba seguro de ello) experimentaron el leve espasmo que precede en un segundo al momento de llorar, fueron mis ojos los que se llenaron de lágrimas, de sus lágrimas, podría decir. Se me acercó, puso a la altura de mi mejilla su cabeza inclinada hacia atrás cuya gracia misteriosa, cuya cautivadora vivacidad podía yo contemplar, y sacando de su boca fresca, sonriente, la punta de la lengua, iba recogiendo todas mis lágrimas en el borde de mis ojos. Después las tragaba con un leve ruido de los labios, que yo sentía como un beso desconocido, más íntimamente turbador que si me tocara directamente. Me desperté de pronto, reconocí mi cuarto y, así como, en una tormenta cercana, el trueno sigue inmediatamente al relámpago, un vertiginoso recuerdo de felicidad se identificó, más que precederle, con la fulminante certidumbre de su mentira y de su imposibilidad. Mas a pesar de todos los razonamientos, Dorothy B... había dejado de ser para mí la mujer que era aún la víspera. El pequeño surco que dejaban en mi recuerdo las pocas relaciones que yo había tenido con ella se había casi borrado, como una fuerte marea que, al retirarse, deja tras ella vestigios desconocidos. Yo tenía un inmenso deseo, desencantado de antemano, de volver a verla, la necesidad instintiva y la prudente desconfianza de escribirle. Su nombre pronunciado en una conversación me hizo estremecerme, evocó sin embargo una imagen sin relieve, la única que la hubiera acompañado antes de esa noche, y a la vez que me era indiferente como cualquier insignificante mujer del gran mundo, me atraía más irresistiblemente que las amantes más caras o que el más arrebatador destino. No habría dado un paso por verla, y por la otra "ella" habría dado mi vida. Cada hora borra un poco el recuerdo del sueño ya bien desfigurado en este relato. Lo distingo cada vez menos, como un libro que queremos seguir leyendo en nuestra mesa cuando la luz declinante ya no lo alumbra bastante, cuando llega la noche. Para verlo todavía un poco, tengo que dejar de pensar en él unos momentos, como tenemos que cerrar primero los ojos para leer unos caracteres en el libro lleno de sombra. Con todo lo borrado que está, todavía deja en mí una gran turbación, la espuma de su surco o la voluptuosidad de su perfume. Pero también se esfumará esa turbación, y volveré a ver a madame B... sin emoción. Por lo demás para qué hablarle de estas cosas a las que ha permanecido ajena.

Por desventura, el amor pasó sobre mí como ese sueño, con un poder de transfiguración igualmente misterioso. Por eso vosotros, que conocéis a la que amo y que no estabais en mi sueño, no podéis comprenderme, no tratéis de aconsejarme.

CUADROS DE GÉNERO DEL RECUERDO

TENEMOS ciertos recuerdos que son como la pintura holandesa de nuestra memoria, cuadros de género en los que los personajes suelen ser de condición mediocre, tomados en un momento muy sencillo de su existencia, sin acontecimientos solemnes, a veces sin ningún acontecimiento, en un escenario nada extraordinario y sin grandeza. La naturalidad de los caracteres y la inocencia de la escena constituyen su atractivo, la lejanía pone entre ella y nosostros una luz suave que la baña de belleza.

Mi vida de servicio militar está llena de escenas de ese tipo que viví naturalmente, sin alegría muy viva y sin gran contrariedad, y que recuerdo con mucho agrado. El carácter agreste de los lugares, la simplicidad de algunos de mis compañeros campesinos, cuyo cuerpo se había conservado más bello, más ágil, el entendimiento más original, el corazón más espontáneo, el carácter más natural que en los jóvenes que yo había frecuentado antes y que frecuenté después, la tranquilidad de una vida en la que las ocupaciones son más ordenadas y la imaginación menos constreñida que en cualquier otra, el placer nos acompaña más permanentemente porque nunca tenemos tiempo de espantarlo corriendo tras él: todo contribuye a hacer hoy de esta época de mi vida una especie de continuación, cortada, es cierto, por lagunas, pequeños cuadros llenos de verdad venturosa y de encanto sobre los cuales ha derramado el tiempo su tristeza dulce y su poesía.

VIENTO DE MAR EN EL CAMPO

"Te traeré una amapola joven, con pétalos de púrpura".
TEÓCRITO: *EL CÍCLOPE*

EN EL JARDÍN, en el bosquecillo, a través del campo, el viento pone un ardor loco e inútil en dispersar las ráfagas del sol, en perseguirlas agitando furiosamente las ramas del soto donde se habían posado antes, hasta la maleza centelleante donde ahora tiemblan palpitantes. Los árboles, la ropa puesta a secar, la cola del pavo real que hace la rueda cortan en el aire transparente unas sombras azules extraordinariamente destacadas que vuelan a todos los vientos sin dejar el suelo, como una cometa mal lanzada. Con este revoltijo de viento y de luz, este rincón de Champagne parece un paisaje a orilla del mar. Llegados a lo alto del camino que, abrasado de luz y jadeante de viento, sube en pleno sol hacia un cielo desnudo, ¿no es el mar lo que vamos a ver blanco de sol y de espuma? Habías venido como cada mañana, llenas las manos de flores y de las suaves plumas que el vuelo de una paloma torcaz, de una golondrina o de un arrendajo había dejado caer en una avenida. Tiemblan las plumas en mi sombrero, se deshoja la amapola en mi ojal, volvamos en seguida.

La casa grita bajo el viento como un barco, se oye inflarse unas velas invisibles, el chasquido de unas invisibles banderas. Conserva sobre tus rodillas este manojo de rosas frescas y deja que mi corazón llore entre tus manos cerradas.

LAS PERLAS

VOLVÍ DE mañana a casa y me acosté friolento, temblando de un delirio melancólico y yerto. Hace poco, en tu cuarto, tus amigos de la víspera, tus proyectos del día siguiente —otros tantos enemigos, otras tantas conjuras tramadas contra mí—, tus pensamientos de aquel momento —otras tantas leguas vagas e infranqueables— me separaban de ti. Ahora que estoy lejos, esa presencia imperfecta, máscara fugitiva de la eterna ausencia que los besos levantan en seguida, bastaría, me parece, para mostrarme tu verdadero rostro y para colmar las aspiraciones de mi amor. Ha habido que partir; ¡qué triste y yerto me quedo lejos de tí! Pero ¿por qué súbito encantamiento los sueños familiares de nuestra felicidad comienzan de nuevo a subir, humo denso sobre una llama clara y abrasadora, a subir gozosamente y sin interrupción en mi cabeza? En mi mano, ahora caliente bajo las mantas, se ha despertado el olor de los cigarrillos de rosas que me hiciste fumar. Aspiro largamente, con la boca pegada a mi mano, el prefume que, en el calor del recuerdo, exhala espesas bocanadas de ternura, de felicidad y de "ti". ¡Ah!, pequeña amada mía, en el momento en que también puedo pasar sin ti, en que nado gozoso en tu recuerdo —que ahora llena la estancia— sin tener que luchar contra tu cuerpo indomable, te lo digo absurdamente, te lo digo irresistiblemente, no puede pasar sin ti. Es tu presencia lo que le da a mi vida ese color suave, melancólico como a las perlas que pasan la noche sobre tu cuerpo. Como ellas, vivo y me impregno tristemente de tu calor, y como ellas, si no me dejaras sobre ti, moriría.

LAS RIBERAS DEL OLVIDO

Dicen que la Muerte embellece a quienes hiere y exagera sus virtudes, pero, en general, es más bien la vida quien los desfavorecía. La Muerte, ese piadoso e irreprochable testigo, nos enseña, según la verdad, según la claridad, que en cada hombre hay por lo general más bien que mal.

Lo que Michelet dice aquí de la muerte es quizá más verdadero aún tratándose de esa Muerte que sigue a un gran amor desgraciado. Del ser que, después de habernos hecho sufrir tanto ya no es nada para nosotros, basta decir, siguiendo la expresión popular, que "para nosotros ha muerto". A los muertos los lloramos, los amamos aún, sentimos durante mucho tiempo la irresistible atracción del encanto que los sobrevive y que nos lleva a menudo junto a las tumbas. En cambio el ser que nos hizo sentirlo todo y de cuya esencia estamos saturados no puede ahora hacer pasar sobre nosotros ni siquiera la sombra de una pena o de una alegría. Está más que muerto para nosotros. Después de haberlo creído lo único valioso de este mundo, después de haberlo maldecido, después de haberlo despreciado, nos es imposible juzgarlo, apenas se precisan todavía ante los ojos de nuestro recuerdo, agotados de haber estado demasiado tiempo fijos en ellos, los rasgos de su rostro. Pero este juicio sobre el ser amado, un juicio que ha cambiado tanto, ora torturando con sus clarividencias nuestro corazón ciego, ora cegándose también para poner fin a ese desacuerdo cruel, tiene que realizar una última oscilación. Como esos paisajes que sólo descubrimos desde las cimas, desde las alturas del perdón aparece en su valor verdadero la que está más que muerta para nosotros después de haber sido nuestra vida misma. Sólo sabíamos que no correspondía a nuestro amor, ahora comprendemos que sentía por nosotros una verdadera amistad. No es que la embellezca el recuerdo, es que la desfavorecía el amor. A quien lo quiere todo y no bastaría todo si lo obtuviera, recibir un poco le parece sólo una crueldad absoluta. Ahora comprendemos que era un don generoso de la mujer a quien nuestra desesperación, nuestra ironía, nuestra tiranía perpetua no habían desalentado. Fue siempre dulce. Varias palabras recordadas hoy nos parecen de una justeza indulgente y llena de encanto, varias palabras de la que creíamos incapaz de comprendernos porque no nos amaba. Nosostros, en cambio, ¡hemos hablado de ella con tanto egoísmo injusto y tanta severidad! ¿Acaso no le debemos mucho? Si esa gran marea del amor se ha retirado para siempre, sin embargo, cuando nos paseamos dentro de nosotros mismos podemos recoger conchas extrañas y preciosas y, aplicándolas al oído, oír, con un placer melancólico y ya sin sufrir, el casto rumor de antaño. Entonces pensamos enternecidos en aquella mujer que, por desgracia nuestra, fue más amada que enamorada. No está para nosotros "más que muerta". Es una muerta de la que nos acordamos afectuosamente. Quiere la justicia que rectifiquemos la idea que teníamos de ella. Y por la omnipotente virtud de la justicia, resucita en espíritu en nuestro corazón para comparecer en este juicio último que pronunciamos lejos de ella, con calma, llenos de lágrimas los ojos.

PRESENCIA REAL

Nos hemos amado en un pueblo perdido de Engandina de nombre dos veces dulce: el sueño de las sonoridades alemanas moría en él con la voluptuosidad de las sílabas italianas. En los alrededores, tres lagos de un verde desconocido bañaban bosques de pinos. Glaciares y picachos cerraban el horizonte. Por la noche, la diversidad de los planos multiplicaba la suavidad de las luces. ¿Llegaremos a olvidar los paseos a la orilla del lago de Sils-María, cuando, a las seis, moría la tarde? Los alerces, de tan negra serenidad cuando lindaban con la nieve deslumbrante, tendían hacia el agua azul pálido, casi malva, sus ramas de un verde suave y brillante. Una tarde nos fue la hora particularmente propicia; en unos instantes, el sol poniente hizo pasar al agua por todos los matices y a nuestra alma por todas las voluptuosidades. De pronto hicimos un movimiento: acabábamos de ver una pequeña mariposa rosada, luego dos, después cinco, dejando las flores de nuestra orilla y revolotear sobre el lago. Al cabo de un momento semejaban un impalpable polvo de rosa llevado por el viento, después recalaban en las flores de la otra orilla, volvían y tornaban a empezar suavemente la aventurada travesía, deteniéndose a veces como tentadas sobre aquel lago precisamente matizado entonces como una gran flor que se marchita. Aquello era demasiado y nuestros ojos se llenaban de lágrimas. Las pequeñas mariposas, atravesando el lago, pasaban y tornaban a pasar sobre nuestra alma —sobre nuestra alma toda tensa de emoción ante tantas bellezas, pronta a vibrar—, pasaban y tornaban a pasar como un voluptoso arco de violín. El leve transitar de su vuelo no rozaba el agua, pero acariciaba nuestros ojos, nuestros corazones, y a cada movimiento de sus alitas rosa estábamos a punto de desfallecer. Cuando las vimos volver de la otra orilla, descubriendo así que estaban jugando y paseándose libremente por el agua, resonó para nosotros una armonía deliciosa; mientras tanto ellas tornaban suavemente con mil giros caprichosos que variaban la armonía primitiva y dibujaban una melodía de una fantasía encantadora. Nuestra alma, sonora a su vez, escuchaba en el vuelo silencioso de las mariposas una música de encanto y de libertad, y a todas las dulces e intensas armonías del lago, de los bosques, del cielo y de nuestra propia vida la acompañaban con una dulzura mágica que nos arrancaba lágrimas.

Yo no te había hablado nunca y tú estabas hasta lejos de mis ojos aquel año. Pero ¡cuánto nos amamos entonces en Engadina! Nunca me cansaba de ti, nunca te dejaba en la casa. Me acompañabas en mis paseos, comías a mi mesa, dormías en mi cama, soñabas en mi alma. Un día —¿es posible que un instinto seguro, mensajero misterioso, no te advierta de aquellas niñerías en las que estuviste tan íntimamente mezclada, que viviste, sí, que las viviste verdaderamente, hasta tal punto tenías en mí una "presencia real"?—, un día (ninguno de los dos habíamos visto nunca Italia) nos quedamos como deslumbrados por estas palabras que nos dijeron del Alpgrun: "Desde allí se ve hasta Italia". Nos dirigimos al Alpgrun imaginando que, en el espectáculo que se extiende hasta el pico, allí donde comenzara Italia, cesaría bruscamente el paisaje real y vivo y se abriría en un fondo de sueño un valle todo azul. En el camino recordamos que una frontera no cambia el suelo. Y que aun cuando cambiara sería demasiado insensiblemente para que nosotros pudiéramos notarlo así, de pronto. Un poco decepcionados, nos reíamos sin embargo de haber sido tan niños un momento antes.

Pero al llegar a la cumbre quedamos deslumbrados. Nuestra imaginación infantil se había realizado ante nuestros ojos. A nuestro lado resplandecían los glaciares. A nuestros pies unos torrentes surcaban una agreste zona de Engadina de un verde oscuro. Más allá una colina un poco misteriosa; y después unas pendientes malva entreabrían y cerraban alternativamente una verdadera comarca azul, una deslumbradora avenida hacia Italia. Los nombres ya no eran los mismos, armonizaban en seguida con aquella suavidad nueva. Nos mostraban el lado de Poschiavo, el *pizzo di* Verona, el valle de Viola. Después fuimos a un lugar extraordinariamente agreste y solitario, donde la desolación de la naturaleza y la certidumbre de que allí éramos inaccesibles a todo el mundo, y también invisibles, invencibles, habría acrecido hasta el delirio la voluptuosidad de amarse allí. Entonces sentí verdaderamente a fondo la tristeza de no tenerte conmigo en todas tus materiales especies, de otro modo que bajo la vestidura de mi añoranza, en la realidad de mi deseo. Descendí un poco hasta el lugar, muy elevado todavía, a donde los viajeros iban a mirar. En una hostería aislada tienen un libro donde escriben sus nombres. Yo escribí el mío y junto a él una combinación de letras que era una alusión al tuyo, porque entonces me era imposible no darme una prueba material de la realidad de tu proximidad espiritual. Poniendo un poco de ti en aquel libro me parecía que me descargaba en la misma medida del peso obsesivo con el que abrumabas mi alma. Y además tenía la inmensa esperanza de llevarte allí un día, a leer aquella línea; luego subirías conmigo más arriba aún para vengarme de toda aquella tristeza. Sin necesidad de que yo te dijera nada, lo comprenderías todo, o más bien te acordarías de todo; y te abandonarías un momento, pesarías un poco sobre mí para hacerme sentir mejor que esta vez estabas de verdad allí; y entre tus labios que conservan un ligero perfume de tus cigarrillos orientales encontraría yo todo el olvido. Diríamos muy alto palabras insensatas por la gloria de gritar sin que nadie, muy lejos, pudiera oírnos; unas hierbas cortas se estremecerían solas al leve soplo de las alturas. La subida te haría ir más despacio, jadear un poco, y yo acercaría la cara a ti para sentir tu respiración: estaríamos enloquecidos. Iríamos también allí donde un lago blanco está junto a un lago negro, suave como una perla blanca junto a una perla negra. ¡Cómo nos amaríamos en un pueblo perdido de Engadina! No dejaríamos acercarse a nosotros más que a unos guías de montaña; esos hombres tan altos cuyos ojos reflejan algo distinto que los ojos de los demás hombres y son también como de otra "agua". Pero ya no me importas. Llegó la saciedad antes que la posesión. Hasta el amor platónico tiene sus saturaciones. Ya no querría llevarte a ese país que, sin comprenderlo y ni siquiera conocerlo, me evocas con una fidelidad tan conmovedora. Verte no conserva para mí más que un encanto: el de recordarme de pronto aquellos nombres de una dulzura extraña, alemana e italiana: Sils-María, Silva Plana, Crestalta, Samaden, Celerina, Juliers, *val* de Viola.

PUESTA DE SOL INTERIOR

COMO LA naturaleza, la inteligencia tiene sus espectáculos. Nunca las salidas de sol, nunca los claros de luna, que tantas veces me han hecho delirar hasta las lágrimas, han superado para mí en tierna emoción apasionada ese vasto incendio melancólico que, en los paseos al final del día, matiza en nuestra alma tantos oleajes como el sol cuando se pone hace brillar en el mar. Entonces precipitamos nuestros pasos en la noche. Más que un jinete al que la velocidad creciente de un caballo adorado aturde y embriaga, nos entregamos temblando de confianza y de alegría a unos pensamientos tumultuosos a los que, cuanto más los poseemos y los dirigimos, nos sentimos pertenecer a ellos cada vez más irresistiblemente. Con una emoción afectuosa recorremos el campo oscuro y saludamos a los robles llenos de noche, como el campo solemne, como los testigos épicos del impulso que nos arrebata y nos embriaga. Levantando los ojos al cielo, no podemos reconocer sin exaltación, en el intervalo de las nubes todavía emocionadas por el adiós del sol, el reflejo misterioso de nuestros pensamientos: nos sumergimos cada vez más de prisa en el campo, y el perro que nos sigue, el caballo que nos lleva o el amigo que se ha callado, menos aún a veces cuando ningún ser vivo está junto a nosotros, la flor de nuestra solapa o el bastón que manejan alegremente nuestras manos febriles, recibe en miradas y en lágrimas el tributo melancólico de nuestro delirio.

COMO A LA LUZ DE LA LUNA

YA ERA de noche. Me fui a mi cuarto, ansioso de estar ahora en la oscuridad sin ver ya el cielo, el campo y el mar brillando bajo el sol. Pero cuando abrí la puerta encontré la habitación iluminada como en la puesta de sol. Por la ventana veía la casa, el campo, el cielo y el mar, o más bien me parecía "volver a verlo en sueños"; la dulce luna me lo recordaba más que mostrármelo, difundiendo sobre su silueta un pálido esplendor que no disipaba la oscuridad, adensada como un olvido sobre su forma. Y pasé horas mirando en el patio el recuerdo mudo, vago, encantado y empalidecido de las cosas que, durante el día, me habían complacido o me habían desagradado, con sus gritos, sus voces o su zumbido.

El amor se había extinguido, tengo miedo en el umbral del olvido; mas he aquí, como a la luz de la luna, un poco pálidos, muy cerca de mí y sin embargo lejanos y ya pálidos todos mis goces pasados y todas mis penas curadas, que me miran y que se callan. Su silencio me enternece, a la vez que su lejanía y su palidez indecisa me embriagan de tristeza y de poesía. Y no puedo dejar de mirar ese claro de luna interior.

CRÍTICA DE LA ESPERANZA A LA LUZ DEL AMOR

APENAS se nos vuelve presente una hora por venir, pierde sus encantos, verdad es que para recuperarlos si nuestra alma es un poco ancha y en *perspectivas* bien calculadas, cuando la hayamos dejado muy atrás en los caminos de la memoria. Así, el pueblo poético hacia el cual apresurábamos el trote de nuestras esperanzas impacientes y de nuestras yeguas fatigadas exhala de nuevo, cuando rebasamos la colina, esas armonías veladas, un pueblo en el que la vulgaridad de sus calles, lo disparatado de sus casas, tan incrustadas unas en otras y fundidas en el horizonte, la difuminación de la niebla azul que parecía penetrarle, tan mal cumplieron sus vagas promesas. Pero lo mismo que el alquimista que atribuye cada uno de sus fracasos a una causa accidental y diferente cada vez, lejos de sospechar en la esencia misma del presente una imperfección incurable, acusamos a la malignidad de las circunstancias particulares, a las cargas de cierta situación envidiada, al mal tiempo o las malas hosterías de un viaje, de haber envenenado nuestra felicidad. Y seguros de llegar a eliminar esas causas destructoras de todo goce, apelamos siempre, con una confianza a veces hosca pero nunca desilusionada de un sueño realizado, o sea decepcionado, a un futuro soñado.

Pero algunos hombres reflexivos y taciturnos que irradian más ardientemente aún que los demás a la luz de la esperanza descubren bastante pronto que desgraciadamente esa luz no emana de las horas esperadas, sino de nuestros corazones desbordantes de rayos que la naturaleza no conoce y que los vierten a torrentes sobre ella sin encenderle una lumbre. Ya no se sienten con fuerzas de desear lo que saben que no es deseable, de querer esperar unos sueños que se marchitarán en su corazón cuando quieran cogerlos fuera de sí mismos. Esta disposición melancólica se encuentra singularmente acrecida y justificada en el amor. La imaginación, pasando y tornando al pasar constantemente sobre sus esperanzas, agudiza admirablemente sus decepciones. Como el amor desgraciado nos imposibilita la experiencia de la felicidad, nos impide también descubrir la inanidad de la misma. Pero ¡qué lección de filosofía, qué consejo de la vejez, qué desengaño de la ambición transforma en melancolía los goces del amor dichoso! Me amas, pequeña mía; ¿cómo has sido lo bastante cruel para decirlo? ¡Ahí la tienes, esa felicidad ardiente del amor compartido cuya sola idea me daba vértigo y me hacia castañear los dientes!

Deshojo tus flores, te despeino el pelo, te arranco las alhajas, llego a tu carne, mis besos cubren y golpean tu cuerpo como el mar que sube a la arena; pero tú, tú misma te me escapas y contigo la felicidad. Tengo que dejarte, vuelvo solo y más triste. Acusando esta calamidad última, retorno para siempre junto a ti. He arrancado mi última ilusión, soy desgraciado para siempre.

No sé cómo he tenido el valor de decirte esto, es la felicidad de toda mi vida lo que acabo de tirar despiadadamente, o al menos el consuelo, pues tus ojos, cuya confianza dichosa me exhaltaba aún a veces, ya no reflejarán más que el triste desencanto que tu sagacidad y tus decepciones te habían anunciado ya. Puesto que hemos proferido en voz alta ese secreto que cada uno de nosotros ocultaba al otro, ya no nos quedan siquiera los goces desinteresados de la esperanza. La esperanza es un acto de fe. Hemos desengañado su credulidad: ha muerto. Después de haber renunciado a gozar, ya no podemos encantarnos en esperar. Esperar sin esperanza, que sería tan cuerdo, es imposible.

Pero acércate, querida mía. Enjúgate los ojos para ver; no sé si es que las lágrimas me nublan la vista, pero creo distinguir que allá lejos, detrás de nosotros, se enciendan unas grandes hogueras. ¡Oh, pequeña mía, cuánto te amo! Dame la mano, vamos hacia esas hermosas hogueras sin acercarnos demasiado... Creo que es el indulgente y poderoso Recuerdo que nos quiere bien y que está haciendo mucho por nosotros, querida mía.

EN EL BOSQUE

No TENEMOS nada que temer y sí mucho que aprender de la tribu vigorosa y pacífica de los árboles que produce constantemente para nosotros unas esencias fortificantes, unos bálsamos calmantes, y en cuya grata compañía pasamos tantas horas frescas, silenciosas y recoletas. En estas tardes calurosas en que la luz, por su mismo exceso, escapa a nuestra mirada, bajemos a uno de esos "fondos" normandos de donde ascienden, gráciles, unas hayas altas y frondosas cuyo follaje corta como una ribera estrecha pero resistente ese océano de luz y sólo retiene de él unas gotas que tintinean melodiosamente en el negro silencio del bosque. Nuestro espíritu no tiene, como a la orilla del mar, en las llanuras, en las montañas, el gozo de extenderse sobre el mundo, sino la felicidad de estar separado de él; y, limitado en todo el contorno por los troncos clavados en la tierra, se proyecta hacia arriba lo mismo que los árboles. Tendidos de espaldas, apoyada la cabeza en las hojas secas, podemos seguir desde el seno de un reposo profundo la gozosa agilidad de nuestro espíritu que sube, sin hacer temblar el follaje, hasta las más altas ramas y se posa en ellas al borde del cielo suave, junto a un pájaro que canta. Acá y allá se estanca un poco de sol al pie de los árboles, que a veces dejan, soñadores, mojar y dorar en él las hojas extremas de sus ramas. Todo lo demás, sereno y quieto, se calla, en una oscura felicidad. Los árboles, esbeltos y erguidos en la opulenta ofrenda de sus ramas, y al mismo tiempo reposados y tranquilos, con esta actitud extraña y natural, nos invitan con murmullos insinuantes a sumergirnos en una vida tan antigua y tan joven, tan diferente de la nuestra y que parece la oscura reserva inagotable de la nuestra.

Un viento ligero altera por un momento su fulgurante y oscura inmovilidad, y los árboles tiemblan débilmente, meciendo la luz sobre sus cimas y agitando la sombra a sus pies.

Petit-Abbeville (Dieppe), agosto 1895.

LOS CASTAÑOS

ME GUSTABA sobre todo pararme debajo de los castaños inmensos cuando amarilleaban por el otoño. ¡Cuántas horas he pasado en esas grutas misteriosas y verdosas mirando encima de mi cabeza las murmurantes cascadas de oro pálido que vertían en ellas la frescura y la oscuridad! Envidiaba a los petirrojos y a las ardillas por habitar en aquellos frágiles y profundos pabellones de verdor en las ramas, esos antiguos jardines colgantes que, desde hace siglos, cada primavera cubre de flores blancas y perfumadas. Las ramas, insensiblemente curvadas, descendían noblemente del árbol hacia la tierra, a la manera de otros árboles que hubieran sido plantados en el tronco, cabeza abajo. La palidez de las hojas que quedaban hacía resaltar más las ramas que ya parecían más fuertes y más negras por estar desnudas, y que, unidas así al tronco, parecían retener como una peineta magnífica la suave cabellera rubia derramada.

Réveillon, octubre 1895.

EL MAR

EL MAR fascinará siempre a aquellos a quienes el cansancio de la vida y la atracción del misterio han precedido las primeras pesadumbres, como un presentimiento de la insuficiencia de la realidad para satisfacerlos. A ésos que sienten necesidad de reposo antes de haber experimentado todavía ninguna fatiga, el mar los consolará, los exaltará vagamente. El mar no lleva como la tierra las huellas de los trabajos de los hombres y de la vida humana. En el mar no permanece nada, por el mar todo pasa huyendo y la estela de los barcos que lo atraviesan ¡qué pronto se borra! De aquí esa gran pureza del mar que las cosas terrestres no tienen. Y esa agua virgen es mucho más delicada que la tierra endurecida, sólo vulnerable con un azadón. El paso de un niño sobre el agua abre en ella un surco profundo con un claro rumor, y rompe por un momento sus tersos matices; en seguida se borra todo vestigio y el mar vuelve a quedar tranquilo como en los primeros días del mundo. Al que esté cansado de los caminos de la tierra o adivine, antes de emprenderlos, lo ásperos y vulgares que son, lo seducirán las pálidas rutas del mar, más peligrosas y más suaves, inciertas y desiertas. En ellas todo es misterioso, hasta esas grandes sombras que flotan a veces serenamente sobre los campos desnudos del mar, sin casas y sin umbrías, esas sombras que en ellos extienden las nubes, aldeas celestiales, esas vagas enramadas.

El mar tiene el encanto de las cosas que no se callan por la noche, que son para nuestra vida inquieta un permiso de dormir, una promesa de que no todo se va a destruir, como la lamparilla de los niños pequeños que se sienten menos solos cuando alumbra. El mar no está separado del cielo como la tierra, está siempre en armonía con sus colores, se conmueve con sus matices más delicados. Reluce bajo el sol y, cada noche, parece morir con él. Y cuando el sol ha desaparecido, sigue añorándolo, conservando un poco de su luminoso recuerdo, frente a la tierra uniformemente oscura. En el momento de sus reflejos melancólicos y tan dulces que sentimos fundirse en nuestro corazón cuando lo miramos. Cuando es casi de noche y el cielo está oscuro sobre la tierra ennegrecida, el mar alumbra todavía débilmente, no se sabe en virtud de qué misterio, por qué brillante reliquia del día hundida bajo las olas.

El mar nos refresca la imaginación porque no hace pensar en la vida de los hombres, sino que nos regocija el alma, porque es, como ella, aspiración infinita e imponente, vuelo siempre cortado por caídas, lamento eterno y dulce. El mar nos encanta como la música, que no lleva como lenguaje la huella de las cosas, que no nos dice nada de los hombres e imita los movimientos de nuestra alma. Nuestro corazón, lanzándose con sus olas, cayendo con ellas, olvida así sus propias flaquezas, y se consuela en una armonía íntima entre su tristeza y la del mar, que une su destino y el de las cosas.

Septiembre 1892.

MARINA

LAS PALABRAS cuyo sentido he perdido, quizá tendría que hacérmelas repetir primero por todas esas cosas que desde hace tanto tiempo tienen un camino que conduce a mí, un camino abandonado desde hace muchos años, pero que se puede volver a tomar y que, así lo espero, no está cerrado para siempre. Habría que volver a Normandía, no esforzarse, ir simplemente junto al mar. O más bien tomaría los caminos boscosos desde donde se vislumbra de cuando en cuando y en los que la brisa mezcla el olor de la sal, de las hojas húmedas y de la leche. No pediría nada a todas esas cosas natales. Son generosas para el niño que vieron nacer, ellas mismas volverían a enseñarle las cosas olvidadas. Todo, y en primer lugar su perfume, me anunciaría el mar, pero no lo habría visto aún. Lo oiría débilmente. Seguiría un camino de espinos blancos, bien conocido antaño; lo seguiría con emoción, con ansiedad también; por un brusco rasgón del seto percibiría de pronto la invisible y presente amiga, la loca que se queja siempre, la vieja reina melancólica, la mar. De pronto la vería; sería en uno de esos días de somnolencia bajo el sol resplandeciente, uno de esos días en que el mar refleja el cielo azul como él, sólo que más pálido. Unas velas blancas como mariposas estarían posadas sobre el agua inmóvil, sin querer ya moverse, como amodorradas de calor. O bien por el contrario, el mar estaría agitado, amarillo bajo el sol como un gran campo de barro, con elevaciones que de lejos parecerían fijas, coronadas de una nieve deslumbrante.

EN MEMORIA DE
LAS IGLESIAS ASESINADAS

LAS IGLESIAS SALVADAS
LOS CAMPANARIOS DE CAEN
LA CATEDRAL DE LISIEUX

JORNADAS EN AUTOMÓVIL

COMO SALÍ de... a una hora de la tarde bastante avanzada, no tenía tiempo que perder si quería llegar de noche a casa de mis padres, que estaba aproximadamente a mitad de camino entre Lisieux y Louvriers. A mi derecha, a mi izquierda, en frente, los cristales del automóvil, que llevaba cerrados, metían en un fanal, por decirlo así, el hermoso día de septiembre que, incluso al aire libre, se veía sólo a través de una especie de transparencia. Algunas casas viejas y maltrechas se adelantaban presurosas a nuestro encuentro tendiéndonos unas rosas frescas o mostrándonos ufanas el capullo de malvarrosa que ellas habían criado y que ya las rebasaba en estatura. Otras se acercaban apoyadas tiernamente en un peral que ellas, en la ceguera de su vejez, se hacían la ilusión de sostener aún, y lo apretaban contra su corazón herido en el que el árbol había inmovilizado y había incrustado para siempre la

125

irradiación endeble y apasionada de sus ramas. Luego viró la carretera y, disminuyendo la altura del talud que la bordeaba por la derecha, apareció la llanura de Caen, pero no la ciudad, que, aunque situada en el espacio que tenía ante mis ojos, la lejanía no dejaba verla ni adivinarla. Sólo los dos campanarios de Saint-Etienne se elevaban hacia el cielo, sobresaliendo del nivel uniforme de la llanura y como perdidos en pleno campo. Al poco tiempo vimos tres: se les había sumado el campanario de Saint-Pierre.[1] Agavillados en una triple aguja montañosa, surgían, como es frecuente en Turner, el monasterio o la casa solariega que da nombre al cuadro, pero que, en medio del inmenso paisaje de cielo, de vegetación y de agua, ocupa tan poco sitio, parece tan episódico y momentáneo como el arco iris, la luz de las cinco de la tarde y la aldeanita que, en primer plano, trota por el camino entre sus cestas. Pasaban los minutos, íbamos de prisa y, sin embargo, los tres campanarios seguían solos ante nosotros, como pájaros posados en la llanada, inmóviles y que se divisan al sol. Después, rasgándose la lejanía como una bruma que descubre, completa y en sus menores detalles, una

---

1. Como es natural, me he abstenido de reproducir las numerosas páginas que he escrito en Le Figaro sobre iglesias, por ejemplo: la iglesia de pueblo (aunque me parece muy superior a otras muchas que se leerán más adelante). Pero las he incluido en *En busca del tiempo perdido* y no podía repetirme. Si hago una excepción con ésta, es porque en *Por el camino de Swann* no está más que citada, y parcialmente, entre comillas además, como un ejemplo de lo que escribí en mi infancia. Y en el IV volumen (no publicado aún) de *En busca del tiempo perdido*, la publicación en Le Figaro de esta página refundida ocupa casi todo el capítulo.

forma invisible un momento antes, aparecieron las torres de la Trinité, o más bien una sola torre: tan exactamente tapada la otra detrás de ella. Pero la primera se apartó, avanzó la segunda y se alinearon ambas. Por último, en una revuelta audaz, vino a situarse junto a ella un campanario retrasado (supongo que el de Saint-Sauveur). Ahora, entre los campanarios multiplicados, y en el declive de los cuales se distinguía la luz, que, a aquella distancia, se veía sonreír, la ciudad, obedeciendo desde abajo a su ímpetu de vuelo sin poder lograrlo, exhibía a plomo y en subidas verticales la complicada pero franca fuga de sus tejados. Yo había pedido al mecánico que parara un momento ante los campanarios de Saint-Etienne; pero acordándome de lo mucho que habíamos tardado en acercarnos a ellos, cuando, desde el principio, parecían tan próximos, saqué el reloj para ver cuántos minutos tardaríamos aún, cuando, en esto, el automóvil dio una vuelta y me paró junto a ellos. Después de tanto tiempo inalcanzables para el esfuerzo de nuestra máquina, que parecía como si patinara inútilmente en la carretera, siempre a la misma distancia de ellos, sólo ahora, en los últimos minutos, resultaba apreciable la distancia totalizada de todo el tiempo. Y, gigantescos, dominando con toda su altura, se precipitaron contra nosotros tan violentamente que tuvimos el tiempo justo de pararnos para no chocar contra el porche.

Seguimos nuestro camino; habíamos dejado Caen hacía ya tiempo, y la ciudad, después de acompañarnos unos segundos, había desaparecido, cuando los dos campanarios de Saint-Etienne y el de Saint-Pierre, ya solos en el horizonte mirándonos huir, agitaban aún en señal de despedida sus soleadas cúspides. A veces se

esfumaba uno para que los otros dos pudieran vernos
todavía un instante; luego no vi más que dos. Después
viraron por última vez como dos pivotes de oro y
desaparecieron de mi vista. Posteriormente, muchas
veces, pasando al atardecer por la llanura de Caen, he
vuelto a verlos, a veces muy lejos y como dos flores
pintadas en el cielo, sobre la línea baja de los campos;
a veces desde un poco más cerca y ya alcanzados por el
campanario de Saint-Pierre, como tres muchachuelas
abandonadas en una soledad donde comenzaba a reinar
la oscuridad; y mientras me alejaba, los veía buscar
tímidamente su camino y, después de unos torpes
intentos y tropezones de sus nobles siluetas, apretarse
unos contra otros, deslizarse uno tras otro, no formar
ya en el cielo, todavía rosado, más que una sola forma
negra deliciosa y resignada y desaparecer en la noche.

Empezaba a perder la esperanza de llegar a Lisieux
para estar aquella misma noche en casa de mis padres,
a los que, afortunadamente, no había advertido de mi
llegada, cuando, hacia el anochecer, nos metimos en
una cuesta muy pendiente, al cabo de la cual, en el
hondón ensangrentado de sol, al que bajábamos a toda
velocidad, vi Lesieux, que había llegado a ella antes que
nosotros, levantar y colocar a toda prisa sus averiadas
casas, sus altas chimeneas teñidas de púrpura; en un
instante, todo había ocupado su sitio, y cuando, pasados unos segundos, nos paramos en la esquina de la *Rue
aux Fèvres,* los vetustos edificios, cuyos gráciles fustes de
madera tallada se ensanchaban transformándose, al llegar a las ventanas, en cabezas de santos o de demonios,
parecían no haberse movido desde el siglo XV. Un
accidente de la máquina nos obligó a quedarnos en
Lisieux hasta la noche. Antes de reanudar el camino,

quise volver a ver en la fachada de la catedral algunos de los follajes de que habla Ruskin, pero las débiles luces que alumbraban las calles de la ciudad terminaban en la plaza, donde Notre-Dame estaba casi sumida en la oscuridad. Sin embargo, me acerqué, queriendo al menos tocar con la mano la ilustre floresta de piedra donde está hecho el porche y entre cuyas dos filas tan notablemente talladas desfiló quizá la pompa nupcial de Enrique II de Inglaterra y de Leonor de Guyena. Pero en el momento en que me acercaba a ella a tientas, la inundó una súbita claridad; tronco a tronco, salieron de la noche los pilares, destacando vivamente, en plena luz sobre un fondo de sombra, la ancha moldura de sus hojas de piedra. Era que mi mecánico, el ingenioso Agostinelli, dirigiendo a las viejas esculturas el saludo del presente, cuya luz no servía más que para leer mejor las lecciones del pasado, enfocaba sucesivamente a todas las partes del porche, a medida que yo quería verlas, la luz del faro de su autómovil[2]. Y cuando volví hacia el coche, vi un grupo de niños allí, llevados por la curiosidad y que, inclinadas sobre el faro sus cabezas, cuyos bucles palpitaban en aquella luz sobrenatural, recomponían, como proyectada de la catedral en un rayo, la figuración angélica de la Natividad. Cuando salimos de Lisieux, era noche cerrada; el mecánico se había puesto una gran manta de caucho y una especie

---

2. Cuando escribía estas líneas, apenas preveía que, pasados siete u ocho años, aquel joven me pediría escribir a máquina un libro mío, aprendería aviación con el nombre de Marcel Swann, en el que había asociado amigablemente mi nombre de pila y el nombre de uno de mis personajes, y, a los veintiséis años, encontraría la muerte en un accidente de aeroplano en la costa de Antibes.

de capucha que, circundándole por entero el joven rostro imberbe, lo asemejaba, cuando nos adentrábamos cada vez más en la noche, a un peregrino o, más bien, a una monja de la velocidad. De vez en cuando —Santa Cecilia improvisaba en un instrumento más material aún— tocaba el teclado y sacaba uno de los registros de esos órganos escondidos en el automóvil y cuya música, aunque continua, casi no la notamos más que en esos cambios de registro que son los cambios de velocidad; una música que podríamos llamar abstracta, toda símbolo y toda número, y que hace pensar en esa armonía que se dice producen las esferas cuando giran en el éter. Pero la mayor parte del tiempo se limitaba a sujetar con la mano su rueda —la rueda de dirección (que se llama volante)—, bastante parecida a las cruces de consagración que tienen los apóstoles adosados a las columnas del coro de la Sainte-Chapelle de París, a la cruz de San Benito y, en general, a toda estilización de la rueda en el arte de la Edad Media. No parecía manejarla —tan inmóvil estaba el muchacho—, pero la mantenía como un símbolo que era conveniente llevar consigo, como los santos, en los porches de la catedral, llevan uno un áncora, otro una rueda, un arpa, una hoz, una parrilla, un cuerno de caza, unos pinceles. Pero aunque esos atributos servían generalmente para recordar el arte en que sobresalieron en vida, a veces representaban también la imagen del instrumento con el que les dieron muerte; ¡ojalá el volante de dirección del joven mecánico que me conduce sea siempre símbolo de su talento, y no prefiguración de su suplicio! Tuvimos que parar en un pueblo, donde, por unos momentos, fui para sus habitantes ese "viajero" que ya no existía desde el ferrocarril y que el automóvil ha resucitado; el viajero al que la criada, en los cuadros flamencos, sirve la última copa; el viajero que vemos en los paisajes de Cuyp deteniéndose para preguntar el camino, como dice Ruskin a un transeúnte que, sólo por su aspecto, se ve que es incapaz de informarle y que, en las fábulas de La Fontaine, cabalga al sol y al viento, cubierto con un caliente balandrán, a la entrada del otoño, "cuando, en el viajero, la precaución es buena"; ese "cabalgador" que hoy casi ya no existe en la realidad y que, sin embargo, lo vemos aún alguna vez galopando en la marea baja por la orilla del mar cuando se pone el sol (sin duda, surgido del pasado a favor de las sombras de la noche), haciendo del paisaje de mar que tenemos ante los ojos una "marina" que fecha y firma él, pequeño personaje que parece añadido por Lingelbach, Wouwermans o Adrián van de Velde para satisfacer el gusto por las anécdotas y por las figuras de los ricos negociantes de Harlem, aficionados a la pintura, en una playa de Guillermo van de Velde o de Ruysdaël. Pero, sobre todo, lo más precioso que el automóvil nos ha devuelto de ese viajero es esa admirable independencia que lo hacía salir a la hora que le acomodaba y pararse donde le placía. Me comprenderán todos aquéllos a quienes, a veces, el viento, al pasar, los ha tocado con el deseo de huir con él hasta el mar, donde podrán ver, en lugar de los inertes adoquines del pueblo azotados en vano por la tempestad, las horas encrespadas que le devuelven golpe por golpe y rumor por rumor; especialmente todos los que saben lo que puede ser, ciertas noches, el miedo a encerrarse con su pena para toda la noche, todos los que conocen la alegría que da, después de haber luchado mucho tiempo contra la angustia y cuando empezaban a subir a su cuarto sofocando el fuerte palpitar del corazón, poder detenerse y decir: "¡Bueno, pues no subo!: que me ensillen el caballo, que preparen el automóvil", y huir toda la noche, dejando atrás los pueblos donde la pena nos ahogaba, donde la adivinábamos bajo cada pequeño techo que duerme, mientras pasábamos a toda velocidad sin que esa pena nos reconociera, fuera ya de su alcance.

Pero el automóvil se había detenido en el recodo de un camino encajonado ante una puerta tapizada de lirios marchitos y de rosas. Habíamos llegado a casa de mis padres. El mecánico toca la bocina para que el jardinero venga a abrirnos, esa bocina cuyo toque nos desagrada por su estridencia y su monotonía, pero que, sin embargo, como toda materia, puede resultar bello si se impregna de un sentimiento. En el corazón de mis padres ha resonado gozosamente como una palabra inesperada... "Me parece que he oído... ¡Pero quizá es él!". Se levantan, encienden una vela protegiéndola del viento de la puerta que, en su impaciencia, han abierto ya, mientras, a la entrada del parque, la bocina, cuyo sonido, ahora placentero, casi humano, ya no pueden desconocer, no deja de lanzar su llamada uniforme como la idea fija de su alegría próxima, apremiante y repetida como su creciente ansiedad. Y yo pensaba que en *Tristán e Isolda* (primero en el segundo acto, cuando Isolda agita su *écharpe* como una señal; después en el tercero, cuando llega la nave) es, la primera vez, en la repetición estridente, indefinida y cada vez más rápida de las dos notas cuya sucesión se produce algunas veces por azar en el mundo inorganizado de los ruidos; es, la segunda vez, en el caramillo de un pobre pastor, en la intensidad creciente, en la insaciable monotonía de su pobre canción, donde Wagner, con una aparente y genial abdicación de su poder creador, ha puesto la expresión de la más prodigiosa espera de felicidad que colmara jamás el alma humana.

LA MUERTE DE LAS CATEDRALES[1]

SUPONGAMOS por un momento que se ha extinguido el catolicismo desde hace siglos, que se han perdido las tradiciones de su culto. Sólo subsisten las catedrales, secularizadas y mudas, monumentos hoy ininteligibles de una creencia olvidada. Un día llegan unos sabios a reconstituir las ceremonias que allí se celebraban en otro tiempo, para las que se constituyeron esas catedrales y sin las que no se encontraba en ellas más que una letra muerta; cuando unos artistas, seducidos por el sueño de devolver momentáneamente la vida a esos

---

1. Con este título publiqué hace tiempo, en Le Figaro, un estudio que tenía por objeto combatir uno de los artículos de la ley de separación. Este estudio es muy mediocre; si doy un breve extracto de él es sólo por demostrar hasta qué punto, pasados pocos años, cambian de sentido las palabras, y hasta qué punto, al doblar el camino del tiempo, no podemos percibir el futuro de una nación, como no podemos ver el de una persona. Cuando hablé de la muerte de las catedrales temí que Francia se transformara en una playa donde parecieran varados unos cascos de navío cincelados, vacíos de la vida que los habitó y sin llevar siquiera al oído que se inclinara sobre ellos el vago rumor de antaño, simples piezas de museo, congeladas a su vez. Han pasado diez años, "la muerte de las catedrales" es la destrucción de sus piedras por las tropas alemanas, no de su espíritu por una Cámara anticlerical, que es lo mismo que nuestros obispos patriotas.

grandes navíos que se habían callado, quieren rehacer por una hora el escenario del misterioso drama que allí se desarrollaba, en medio de los cantos y de los perfumes, emprenden, en una palabra, en cuanto a la misa y a las catedrales, lo que los felibres realizaron en cuanto al teatro de Orange y a las tragedias antiguas. Desde luego, el gobierno no dejaría de subvencionar pareja tentativa. Lo que ha hecho por unas ruinas romanas no dejaría de hacerlo por unos monumentos franceses, por esas catedrales que son la expresión más alta y más original del genio de Francia.

Así, pues, he aquí unos sabios que han sabido encontrar la significación perdida de las catedrales: las esculturas y las vidrieras recuperan su sentido, un aroma misterioso flota de nuevo en el templo, un drama sagrado se representa en él, la catedral vuelve a cantar.

El gobierno subvenciona con razón, con más razón que las representaciones del teatro de Orange, de la Ópera Cómica y de la Ópera, esta resurrección de las ceremonias católicas, de tanto interés histórico, social, plástico, musical, y a la belleza de las cuales sólo Wagner se ha acercado, imitándola, en *Parsifal*.

Caravanas de *snobs* van a la ciudad santa (sea Amiens, Chartres, Bourges, Laon, Reims, Beauvais, Ruan, París), y una vez al año sienten de nuevo la emoción que antaño iban a buscar a Bayreuth y a Orange: gustar la obra de arte en el marco mismo que fue construido para ella. Desgraciadamente, aquí como en Orange, no pueden ser más que unos curiosos, unos *diletantes*; hagan lo que hagan, ya no habita en ellos el alma de antaño. Los artistas que han venido a ejecutar los cantos, los artistas que representan el papel de sacerdotes, pueden enterarse, penetrarse del espíritu de los textos. Pero, a pesar de todo, no podemos menos de pensar cuánto más bellas debían de ser esas fiestas cuando eran sacerdotes quienes celebraban los oficios, no para dar a los letrados una idea de aquellas ceremonias, sino porque tenían en su virtud la misma fe que los artistas que esculpieron el Juicio Final en el tímpano del porche, o pintaron la vida de los santos en la vidrieras del ábside; no podemos menos de pensar cómo la obra toda debía de hablar más alto, más preciso, cuando todo un pueblo respondía a la voz del sacerdote, se inclinaba de rodillas cuando sonaba la campanilla de la elevación, no como en estas representaciones retrospectivas, como fríos comparsas muy compuestos, sino porque también ellos, como el sacerdote, como el escultor, creían.

Esto es lo que se diría si hubiera muerto la religión católica. Ahora bien, existe, y para imaginarnos lo que estaba vivo y en el pleno ejercicio de sus funciones, una catedral del siglo XIII; no tenemos necesidad de hacer de ella escenario de reconstituciones, de retrospectivas quizá exactas, pero gélidas. No tenemos más que entrar a cualquier hora, cuando se celebra un oficio. Aquí la mímica, la salmodia y el canto no están encomendados a unos artistas. Son los ministros mismos del culto quienes ofician, en un sentimiento no de estética, sino de fe, tanto más estéticamente. No se podrían pedir unas comparsas más vivas y más sinceras, puesto que es el pueblo, sin duda alguna, el que se toma el trabajo de representar para nosotros. Puede decirse que, gracias a la persistencia de los mismos ritos de la iglesia católica, y, por otra parte, de la creencia católica en el corazón de los franceses, las catedrales no son únicamente los más bellos momentos de nuestro arte sino los únicos que viven aún su vida integral, los únicos que permanecen en relación con la finalidad para la que fueron construidos.

Ahora bien, por la ruptura del gobierno francés con Roma, parece próxima la discusión y probable la adopción de un proyecto de ley en tales términos que, al cabo de cinco años, las iglesias podrán ser secularizadas, y muchas lo serán; el gobierno no sólo dejará de subvencionar la celebración de las ceremonias rituales en las iglesias, sino que podrá transformarlas en todo lo que le plazca: museo, sala de conferencias o casino.

Cuando ya no se celebre en las iglesias el sacrificio de la carne y de la sangre de Cristo, ya no habrá en ellas vida. La liturgia católica forma una unidad con la arquitectura y la escultura de nuestras catedrales, pues aquélla y éstas se derivan de un mismo simbolismo. Hemos visto en el estudio precedente que en las catedrales apenas hay escultura, por secundaria que parezca, que no tenga su valor simbólico.

Y lo mismo ocurre con las ceremonias del culto.

En un libro admirable, *L'art religeux au XIIIᵉ siècle*, Emile Mâle analiza así, siguiendo el *Rational des divins Offices*, de Guillaume Durand, la primera parte de la fiesta del Sábado Santo:

Por la mañana se empieza por apagar en la iglesia todas las lámparas, para indicar que queda abolida la antigua Ley que iluminaba el mundo.

Despúes, el celebrante bendice el fuego nuevo, que representa la Ley nueva. Lo hace brotar del pedernal, para recordar que Jesucristo es como dice San Pablo, la piedra angular del mundo. Entonces el obispo y el diácono se dirigen al coro y se detienen ante el cirio pascual.

El cirio, nos enseña Guillaume Durand, es un triple símbolo; apagado, simboliza a la vez la columna oscura que guiaba a los hebreos durante el día, la antigua Ley y el cuerpo de Jesucristo; encendido, significa la columna de luz que Israel veía durante la noche, la Ley nueva y el cuerpo glorioso de Cristo resucitado. El diácono alude a este triple simbolismo recitando ante el cirio, la fórmula del *Exultet*.

Pero insiste sobre todo en la identidad del cirio y del cuerpo de Cristo. Recuerda que el cirio inmaculado ha sido producido por la abeja, a la vez casta y fecunda como la virgen que trajo al mundo al Salvador. Para hacer sensible a los ojos la similitud del cirio y del cuerpo divino, hunde en el cirio cinco granos de incienso, que recuerdan a la vez las cinco llagas de Cristo y los perfumes comprados por las santas mujeres para embalsamarlo. Por último, enciende el cirio con el fuego nuevo y, para representar la difusión de la nueva Ley en el mundo, se encienden las lámparas en toda la iglesia.

Pero esto, se dirá, no es más que una fiesta excepcional. He aquí la interpretación de una ceremonia cotidiana, la misa, que, como veréis, no es menos simbólica.

Abre la ceremonia el canto **grave y triste** del introito, que afirma la espera de los **patriarcas** y de los profetas. El coro de los clérigos es el coro mismo de los santos de la antigua Ley, que suspiran por la llegada del Mesías, al que no verán. Entonces entra el obispo y aparece como la viva imagen de Jesucristo. Su llegada simboliza el advenimiento del Salvador, esperado por las naciones. En las grandes fiestas llevan delante de él siete antorchas para recordar que sobre la cabeza del Hijo de Dios están los siete dones del Espíritu Santo. Avanza bajo un palio triunfal cuyos cuatro portadores se pueden comparar con los cuatro evangelistas. A su derecha y a su izquierda van dos acólitos, representando a Moisés y a Helí, que aparecieron en el Tabor a ambos lados de Cristo. Nos enseñan que Jesús tenía la autoridad de la Ley y la autoridad de los profetas.

El obispo se sienta en su trono y guarda silencio. No parece tener ninguna intervención en la primera parte de la ceremonia. Su actitud contiene una enseñanza: nos recuerda con su silencio que los primeros años de la vida de Jesucristo transcurrieron en la oscuridad y en el recogimiento. Mientras tanto, el subdiácono se dirige al atril y, mirando a la derecha, lee la epístola en voz alta. Aquí entrevemos el primer acto del drama de la Redención.

La lectura de la epístola es la predicación de San Juan Bautista en el desierto. Habla antes de que el Salvador comience a hacer oír su voz, pero no habla más que a los judíos. Por eso el subdiácono, imagen del precursor, mira hacia el norte, que es lado de la antigua Ley. Terminaba la lectura, se inclina ante el obispo, como el precursor se humilla ante Jesucristo.

El canto del Gradual, que sigue a la lectura de la Epístola, se refiere también a la misión de San Juan Bautista, simbolizando las exhortaciones a la penitencia que dirige a los judíos la víspera de los tiempos nuevos.

Por último, el celebrante lee el Evangelio, momento solemne, pues es aquí donde comienza la vida activa del Mesías; por primera vez se oye en el mundo su palabra. La lectura del Evangelio es la representación misma de su predicación.

El Credo sigue al Evangelio como la fe sigue a la anunciación de la verdad. Los doce artículos del Credo se refieren a la vocación de los doce apóstoles.

La vestidura misma que el sacerdote lleva al altar —añade Mâle—, los objetos que sirven para el culto, son otros tantos símbolos. La casulla que se pone sobre las otras vestiduras es la caridad, que es superior a todos los preceptos de la ley y que es ella misma la ley suprema. La estola que el sacerdote se pone al cuello es yugo ligero del Señor, y como está escrito que todo cristiano debe amar este yugo, el sacerdote besa la estola al ponérsela y al quitársela. La mitra de dos picos del obispo simboliza la ciencia que debe tener del Antiguo y del Nuevo Testamento; lleva dos cintas para recordar que la Escritura debe ser interpretada según la letra y según el espíritu. La campana es la voz de los predicadores. La armazón de la que está colgada es la figura de la cruz. La cuerda, hecha de tres cabos retorcidos, significa la triple inteligencia de la Escritura, que debe ser interpretada en el triple sentido histórico, alegórico y moral. Cuando se coge la cuerda con la mano para tocar la campana, se expresa simbólicamente la verdad fundamental de que el conocimiento de las Escrituras debe traducirse en la acción.

De suerte que todo, hasta el menor gesto del sacerdote, hasta la estola que reviste, está de acuerdo para simbolizarlo con el sentimiento profundo que anima a toda la catedral.

Jamás fue ofrecido a los ojos y a la inteligencia del hombre un espectáculo comparable, un espejo tan gigantesco de la ciencia, del alma y de la historia. El mismo simbolismo abarca hasta la música que se oye entonces en el mismo navío, y cuyos siete tonos gregorianos representan las siete virtudes teologales y las siete edades del mundo. Puede decirse que una representación de Wagner en Bayreuth (con mayor razón de Emile Augier o de Dumas en un escenario de teatro subvencionado) es poca cosa comparada con la celebración de la misa mayor en la catedral de Chartres.

Seguramente sólo los que han estudiado el arte religioso de la Edad Media son capaces de analizar completamente la belleza de semejante espectáculo. Y esto bastaría para que el Estado tuviera la obligación de velar por su perpetuidad. Subvenciona los cursos del Colegio de Francia, aunque se dedican sólo a un pequeño número de personas y aunque, junto a esta completa resurrección integral que es una misa mayor en una catedral, parecen muy fríos. Y al lado de la ejecución de tales sinfonías, las representaciones de nuestros teatros también subvencionados corresponden a necesidades literarias muy mezquinas. Pero apresurémonos a añadir que los que puedan leer a libro abierto en el simbolismo de la Edad Media no son los únicos para quienes la catedral viva, es decir, la catedral esculpida, pintada, cantante, es el más grande de los espectáculos. Se puede sentir la música sin conocer la armonía. Ya sé que Ruskin, indicando las razones espirituales que explican la disposición de las capillas en el ábside de las catedrales, ha dicho: "Nunca podrán encantaros las formas de la arquitectura si no sentís afinidad con el pensamiento de donde salieron". No es menos cierto que todos conocemos el hecho de un ignorante, de un simple soñador, entrando en una catedral, sin intentar comprender, dejándose llevar de sus emociones y sintiendo una impresión sin duda más confusa, pero acaso igualmente fuerte. Como testimonio literario de este estado de ánimo, seguramente distinto del docto de que hablábamos hace un momento, paseando en la catedral como en una "floresta de símbolos, que lo observan con ojos familiares", pero que permiten, sin embargo, encontrar en la catedral, a la hora de los oficios, una emoción vaga pero intensa; citaré la bella página de Renan titulada *Doble plegaria*:

Uno de los más bellos espectáculos religiosos que todavía se puedan contemplar en nuestros días (y que pronto ya no se podrán contemplar, si la Cámara vota el proyecto de que se trata) es el que ofrece al anochecer la antigua catedral de Quimper. Cuando la sombra invade las partes bajas del vasto edificio, los fieles de uno y otro sexo se reúnen en la nave y cantan en lengua bretona la oración del crepúsculo con un ritmo simple y conmovedor. Sólo dos o tres lámparas alumbran la catedral. En la nave, a un lado, están los hombres, de pie; al otro, las mujeres, arrodilladas, forman como un mar inmóvil de cofias blancas. Las dos mitades cantan alternativamente, y la frase comenzada por uno de los coros la termina el otro. Lo que cantan es muy hermoso. Cuando lo oí, me pareció que, con unas leves trasnformaciones, se podría adaptarlo a todos los estados de la humanidad. Esto, sobre todo, me hizo pensar en una oración que, mediante ciertas variaciones, pudiera servir igualmente para los hombres y para las mujeres.

Entre este vago pensar, que no carece de encanto, y los goces más conscientes del "entendido" en arte religioso, hay muchos grados. Recordemos, por ejemplo, el caso de Gustave Flaubert estudiando, pero para interpretarlo en un sentimiento moderno, una de las partes más bellas de la liturgia católica:

> El sacerdote mojó el pulgar en el santo óleo y comenzó las unciones, primero sobre los ojos...; después en las ventanas de la nariz, golosas de brisas tibias y de perfumes de amor; en las manos que se habían deleitado en los contactos suaves...; por último, los pies, tan rápidos cuando corrían a satisfacer sus deseos y que ahora ya nunca más caminarían.

Decíamos hace un momento que, en una catedral, casi todas las imágenes eran simbólicas. Algunas no lo son en absoluto. Son las de las personas que, habiendo contribuido con sus dineros a la decoración de la catedral, quisieron conservar en ella para siempre un sitio para poder seguir silenciosamente los oficios desde las balaustradas del nicho o desde el hueco de la vidriera, y participar sin ruido en las oraciones, *in saecula saeculorum*. Hasta los bueyes de Laon que subieron cristianamente a la colina donde se levanta la catedral los materiales que sirvieron al arquitecto para construirla, los recompensó éste erigiendo sus estatuas al pie de las torres, donde todavía podemos verlos hoy, en el son de las campanas y en la estagnación del sol, levantar las cornudas cabezas por encima del arco santo y colosal hasta el horizonte de las llanuras de Francia, su "sueño interior". Si bien no han sido destruidos, ¿qué no han visto en esos campos donde cada primavera ya no florecen más que tumbas? No se podía hacer otra cosa con unos animales: situarlos así afuera, saliendo como de una gigantesca arca de Noé que se hubiera parado sobre este monte Ararat, en medio del diluvio de sangre. A los hombres se les concedía más.

Entraban en la iglesia, ocupaban en ella su sitio, que conservaban después de su muerte y desde el cual podían seguir, como cuando vivían, el divino sacrificio, lo mismo si, asomados fuera de su sepultura de mármol, orientan ligeramente la cabeza hacia el lado del evangelio o hacia el lado de la epístola, pudiendo ver, como en Brou, y oler en torno a su nombre el enlazamiento apretado e infatigable de flores emblemáticas y de iniciales adoradas, conservando a veces hasta la tumba, como en Dijon, los colores esplendorosos de la vida, que si, en el fondo de la vidriera, con sus mantos de púrpura, de ultramar o de azur que el sol aprisiona, que de sol se inflama, llenan de color sus rayos transparentes y brúscamente los liberan, multicolores, errando sin meta por la nave que tiñen; en su esplendor desorientado y perezoso; en su palpable irrealidad, siguen siendo donantes que, por serlo, merecieron la concesión de una plegaria a perpetuidad. Y todos quieren que el Espíritu Santo, en el momento de descender a la iglesia, reconozca bien a los suyos. No son únicamente la reina y el príncipe quienes llevan sus insignias, su corona o su collar del

Toisón de Oro. Los cambistas se han hecho representar comprobando la ley de las monedas; los peleteros, vendiendo sus pieles (véase en la obra de Mâle la reproducción de estas dos vidrieras); los carniceros, abatiendo vacas; los caballeros, ostentando su blasón; los escultores, labrando capiteles. Oyendo desde sus vidrieras de Chartres, de Tours, de Sens, de Bourges, de Auxerre, de Clermont, de Toulouse, de Troyes, toneleros, peleteros, tenderos de ultramarinos, peregrinos, labriegos, armeros, tejedores, canteros, carniceros, cesteros, zapateros, cambistas, no oirán ya la misa que se habían asegurado donando para la construcción de la iglesia el más claro de sus dineros. Ya los muertos no gobiernan a los vivos. Y los vivos, olvidadizos, dejan de cumplir los votos de los muertos.

SENTIMIENTOS FILIALES
DE UN PARRICIDA

Cuando murió Van Blarenberghe padre, hace unos meses, recordé que a su mujer la había conocido mucho mi madre. Desde la muerte de mis padres, yo soy (en sentido que no vendría a cuento precisar aquí) menos yo mismo, más su hijo. Sin apartarme de mis amigos, me inclino más a acercarme a los suyos. Y las cartas que ahora escribo son, en mayor parte, las que creo que habrían escrito ellos, las que ya no pueden escribir y que escribo yo en su lugar: felicitaciones, pésames, sobre todo a algunos amigos a los que, en muchos casos, apenas conozco. Así, pues, cuando la señora Van Blarenberghe perdió a su marido, quise que les llegara un testimonio de la tristeza que mis padres habrían sentido. Recordaba que, muchos años atrás, había comido a veces con su hijo en casa de amigos comunes. Fue a él a quien escribí, por así decirlo, en nombre de mis padres desaparecidos, mucho más que en el mío. Recibí en respuesta la bella carta siguiente, llena de tan gran amor filial. Pensé que testimonio tal, con el significado que recibe del drama que de tan cerca lo siguió, sobre todo con el significado que éste le da, debía hacerse público. He aquí esta carta:

Les Timbrieux, por Josslin (Morbihan).
24 de septiembre 1906

Siento mucho, querido señor mío, no haber podido aún darle las gracias por la simpatía que me ha manifestado en mi dolor. Espero que se digne disculparme; tan grande fue este dolor, que, por consejo de los médicos, he pasado cuatro meses viajando constantemente. Sólo ahora, y con sumo esfuerzo, comienzo a reanudar mi vida habitual.

Aunque sea con tanto retraso, quiero decirle hoy que he apreciado muchísimo el fiel recuerdo por usted conservado de nuestras antiguas y excelentes relaciones, y que me ha emocionado profundamente el sentimiento que lo ha movido a hablarme, así como a mi madre, en nombre de su padre, tan prematuramente desaparecido. Apenas tuve el honor de conocerlos personalmente, pero sé lo mucho que mi padre apreciaba al de usted y la alegría que le daba siempre a mi madre ver a *madame* Proust. Me ha parecido delicado y sensible en grado sumo que usted nos haya enviado un mensaje de ellos de ultratumba. No tardaré mucho en volver a París, y si de aquí a entonces puedo superar la necesidad de aislamiento que hasta ahora me ha causado la desaparición de aquel en quien yo ponía toda todo el interés de mi vida, del que constituía toda la alegría de ésta, me será sumamente grato ir a estrecharle la mano y a charlar con usted del pasado.

Suyo, muy afectuosamente,

H. Van Blarenberghe

Esta carta me conmovió mucho; compadecía al que sufría así, lo compadecía, lo envidiaba: tenía aún a su madre para consolarse consolándola. Y si no pude contestar a los intentos que se dignó hacer para verme, es porque me fue materialmente imposible. Pero, sobre todo, esta carta modificó, en un sentido más simpático, el recuerdo que conservé de él. Las buenas relaciones a las que aludía eran en realidad unas relaciones mundanas muy superficiales. Apenas había tenido la ocasión de charlar con él en la mesa donde a veces comíamos juntos, pero la extraordinaria distinción de espíritu de los dueños de la casa era y sigue siendo para mí una garantía de que Henri van Blarenberghe, bajo unas apariencias un poco convencionales y acaso más representativas del medio en que vivía, que, significativas de su propia personalidad, ocultaba un modo de ser más original y vivaz. Por lo demás, entre esas extrañas instantáneas de la memoria que nuestro cerebro, tan pequeño y tan vasto, almacena en número prodigioso, si busco, entre las que representan a Henri Blarenberghe, la que me parece más clara, es siempre un rostro sonriente lo que veo, sonriente sobre todo en la mirada, que era extraordinariamente penetrante; la boca, todavía entreabierta después de haber lanzado una agudeza. "Lo estoy viendo", como muy bien suele decirse, agradable y bastante distinguido. En esta exploración activa del pasado que se llama recuerdo, nuestros ojos tienen más parte de los que se cree. Si en el momento en que su pensamiento va a buscar algo del pasado para fijarlo, para traerlo por un momento a la vida, miráis los ojos del que se esfuerza por recordar, veréis que se han vaciado inmediatamente de las formas que los rodean y que un momento antes reflejaban. "Tiene usted una mirada ausente, está usted en otra parte", decimos, y, sin embargo, sólo vemos el revés del fenómeno que en ese momento se realiza en el pensamiento. Entonces los ojos más bellos del mundo no nos impresionan ya por su belleza, no son ya, modificando el significado de una expresión de Wells, más que "máquinas de explorar el Tiempo", telescopios de lo invisible, que se tornan de más largo alcance a medida que envejecemos. Cuando vemos cómo se vendan para el recuerdo los ojos cansados de tanta adaptación a tiempos tan diferentes, tan lejanos a veces, los ojos oxidados de los viejos, percibimos muy bien que su trayectoria, atravesando "la sombra de los fracasos" vividos, va a aterrizar a unos pasos delante de nosotros, al parecer, en realidad, a cincuenta o sesenta años atrás. Recuerdo cómo cambiaban de belleza los ojos de la princesa Matilde cuando se fijaban en tal o cual imagen que habían depositado *ellos mismos* en su retina y en su recuerdo ciertos grandes hombres, ciertos grandes espectáculos de principios de siglo, y era esta imagen, emanada de ellos, la que ella veía y la que nosotros no veremos jamás. Yo sentía una impresión de cosa sobrenatural en aquellos momentos en que mi mirada se encontraba con la suya que, en una línea corta y misteriosa, en una actividad de resurrección, unía el presente al pasado.

Agradable y bastante distinguido, dije; así volvía yo a ver a Henri van Blarenberghe en una de aquellas mejores imágenes que mi memoria ha conservado de él. Pero después de recibir aquella carta, retoqué esta imagen en el fondo de mi recuerdo, interpretando, en el sentido de una sensibilidad más profunda, de una mentalidad menos mundana, ciertos elementos de la mirada o de las facciones que podían, en efecto, tener una aceptación más interesante y más generosa que aquella en la que yo me detuve al principio. Por fin, habiéndole pedido últimamente informes sobre un empleado de los Ferrocarriles del Este (Henri van Blarenberghe era presidente del consejo de administración) por el que se interesaba un amigo mío, recibí de él la siguiente respuesta, que, escrita el 12 de enero último, no me llegó, por cambios de direcciones que él ignoraba, hasta el 17 de enero, no hace quince días, menos de ocho antes del drama:

48, rue de la Bienfaisance,
12 enero 1907

Querido amigo:

Me he informado en la Compañía del Este de la presencia posible en la persona de X… y de su dirección eventual. No se ha encontrado nada. Si está usted bien seguro del nombre, el que lo lleva ha desaparecido de la Compañía sin dejar rastro; su relación con ella debió de ser muy provisional y accesoria. Lamento muchísimo las noticias que me da del estado de su salud desde la muerte de sus padres, tan prematura y cruel. Por si pudiera servirle de consuelo, le diré que también a mi me cuesta mucho, física y moralmente, reponerme del golpe que fue para mí la muerte de mi padre. No perdamos la esperanza… No sé lo que reserva el año 1907, pero hagamos votos por que tanto a usted como a mí nos traiga algún alivio y por que podamos vernos dentro de unos meses. Lo recuerda con toda cordialidad y simpatía,

H. Van Blarenberghe

151

A los cinco o seis días de haber recibido esta carta recordé, al despertarme, que quería contestarla. Hacía uno de esos grandes fríos inesperados, que son como las "mareas vivas" del cielo, cubriendo todas las escolleras que las grandes ciudades levantan entre nosotros y la naturaleza, y viniendo a batir nuestras ventanas cerradas, penetrando hasta en nuestras habitaciones, haciendo sentir a nuestras friolentas espaldas, con un vivificante contacto, el retorno agresivo de las fuerzas elementales. Días revueltos de bruscos cambios barométricos, de sacudidas más graves. Por lo demás, ninguna alegría en tanta fuerza. Se lloraba de antemano la nieve que iba a caer y hasta las cosas, como en el hermoso verso de André Rivoire, parecían "esperar la nieve". Si "avanza hacia las Baleares una depresión", como dicen los periódicos, o simplemente empieza a temblar Jamaica, inmediatamente, en París, los que padecen jaquecas, los reumáticos, los asmáticos, seguramente también los locos, sufren sus correspondientes crisis, tan unidos están los nerviosos a los puntos más lejanos del universo por los lazos de una solidaridad que muchas veces desearían menos estrecha. Si algún día llega a reconocerse, al menos entre ellos, la influencia de los astros (Framery, Pelletean, citados por Brissaud), a quien mejor que a los nerviosos aplicar el verso del poeta:

*Et de longs fils soyeux l'unissent aux étoiles**

Al despertarme me disponía a contestar a Henri van Blarenberghe. Pero antes de hacerlo quise echar una

---

* Y unos sedosos, largos hilos le unen a las estrellas.

ojeada a Le figaro, proceder a ese acto abominable y voluptuoso que se llama *leer el periódico* y gracias al cual todas las desgracias y los cataclismos del universo durante las últimas veinticuatro horas, las batallas que han costado la vida a cincuenta mil hombres, los crímenes, las huelgas, las quiebras, los incendios, los envenamientos, los suicidios, los divorcios, las duras emociones del hombre de Estado y del actor, transmutados para nuestro uso personal, para nosotros, que no tenemos nada que ver en ellos, en un regalo matinal, se asocian perfectamente, de una manera particularmente excitante y tónica, con la ingestión recomendada de unos sorbos de café con leche. Rápidamente rota con un gesto indolente la frágil faja de Le Figaro, única cosa que nos separa todavía de la miseria del globo y desde las primeras noticias sensacionales donde el dolor de tantos seres "entra como elemento", esas noticias sensacionales que con tanto placer comunicaremos dentro de un momento a los que todavía no han leído el período, nos sentimos de pronto alegremente unidos a la existencia que, en el primer instante del despertar, nos parecía tan inútil reanudar. Y si en algún momento algo como una lágrima ha mojado nuestros ojos satisfechos, es al leer una frase como ésta: "Un silencio impresionante sobrecoge todos los corazones, suenan los tambores en los campos, presentan armas las tropas, retumba un inmenso clamor: '¡Viva Falliéres!' ". Esto nos arranca un sollozo, un sollozo que negaríamos a una desgracia cercana a nosotros. ¡Viles comediantes a los que sólo hace llorar el dolor de Hércules, o menos aún, el viaje del presidente de la República! Pero esta mañana la lectura de Le Figaro no me fue grata. Acababa de recorrer de una ojeada embelesada las erupciones volcánicas, las crisis ministeriales y los duelos de apaches, y empezaba con calma la lectura de un suceso que, por su título, "Un drama de locura", podía resultar muy propio para estimular vivamente las energías matinales, cuando de pronto ví que la víctima era *madame* van Blarenberghe, que el asesino, el cual se había suicidado después, era su hijo, Henri van Blarenberghe, cuya carta tenía yo aún a mi lado para contestarla: *No perdamos la esperanza… No sé lo que me reserva el año 1907, pero hagamos votos por que nos traiga un sosiego,* etc. ¡No perdamos la esperanza! ¡No sé lo que me reserva 1907! La vida no había tardado en contestarle. 1907 no había dejado aún caer, caer en el pasado, su primer mes del porvenir, y ya le había traído su presente, escopeta, revolver y puñal, y tapándole el entendimiento, la venda con que Atenea se lo vendaba a Ajax para que matara a pastores y rebaños en el campo de los griegos sin saber lo que hacía.

Soy yo quien puso falsas imágenes en sus ojos. Y se arrojó, golpeando acá y allá, pensando matar por su propia mano a los atridas lanzándose ora sobre uno, ora sobre otro. Y yo excitaba al hombre atacado de una demencia furiosa y lo empujaba a las emboscadas; y acababa de volver, bañada de sudor la cara y ensangrentadas las manos.

Los locos, mientras hieren, no saben; después, pasada la crisis, qué dolor, Tekmesa, la mujer de Ajax, le dice:

Acabó su locura, apagóse su furia como el soplo del Motos. Mas, recobrando el sentido, ahora lo atormentaba un dolor nuevo, pues contemplar los propios males cuando no los ha causado nadie más que uno mismo, aumenta amargamente los dolores. Desde que sabe lo que ha pasado, se lamenta con clamores lúgubres, él que solía decir que llorar era indigno de un hombre. Permanece sentado, quieto, dando alaridos, y seguramente medita contra sí mismo algún siniestro propósito.

Pero cuando a Henri van Blarenberghe se le pasa el acceso ya no son rebaños y pastores degollados lo que tiene ante él. El dolor no mata en un instante, puesto que Henri van Blarenberghe no murió al ver a su madre asesinada ante él, puesto que no murió al oír a su madre moribunda decirle, como la princesa Andrea en Tolstoi. "¡Henri, qué has hecho de mí, qué has hecho de mí!".

Al llegar al rellano que interrumpe el curso de la escalera entre el piso primero y el segundo —dice Le Matin—, los criados —a los que en este relato, quizá inexacto por lo demás, no se los ve nunca más que huyendo y bajando las escaleras de cuatro en cuatro— vieron a *madame* van Blarenberghe, demudado el semblante por el espanto, bajar dos o tres escalones gritando "¡Henri, Henri, qué has hecho!" Luego, la infortunada, cubierta de sangre, alzó los brazos al aire y cayó boca abajo. Los criados, empavorecidos, volvieron a bajar en busca de ayuda. Poco después, cuatro policías que fueron requeridos forzaron las puertas de la habitación del asesino, que les había echado el cerrojo. Además de las heridas que se había hecho con su puñal, tenía todo el lado izquierdo de la cara destrozado por un disparo. *El ojo colgaba sobre la almohada.*

Aquí ya no es en Ayax en quien pienso. En ese ojo "que cuelga sobre la almohada" reconozco, arrancado, en el gesto más terrible que nos haya legado la historia del sufrimiento humano, el ojo mismo del desdichado Edipo.

Edipo se precipita profiriendo clamorosos gritos, va, viene, requiere una espada... Con horribles alaridos se lanza contra las dobles puertas, arranca las hojas de los goznes huecos, irrumpe en la habitación, donde ve a Yocasta colgada de la cuerda que la estrangulaba. Y al verla así, el desdichado se estremece de horror, desata la cuerda y el cuerpo de su madre cae al suelo. Entonces Edipo arranca los corchetes de oro de los vestidos de Yocasta, se arranca los ojos abiertos diciendo que ya no verán más los males que había sufrido y los daños que había causado, y vociferando imprecaciones se golpea aún los ojos con los párpados abiertos, y las pupilas sangrantes derraman sobre las mejillas una granizada de sangre negra. Grita que muestren el parricida a todos los cadmeos. Quiere que lo arrojen de esa tierra. ¡Ah!, al antiguo felicitado se lo llamaba así por su verdadero nombre. Mas a partir de este día ya nada falta a todos los males que tienen un nombre. Gemidos, desastres, muerte, oprobio.

Y pensando en el dolor de Henri van Blarenberghe cuando vio a su madre muerta, pienso también en otro loco muy desventurado, en Lear abrazando el cadáver de su hija Cordelia.

¡Oh, se ha ido para siempre! Está muerta como la tierra. ¡No, no, ya no hay vida! ¿Por qué un perro, un caballo, un ratón, tienen vida, cuando tú no tienes ya ni siquiera aliento? ¡Nunca más volverás! ¡Jamás, jamás, jamás, jamás! ¡Mirad! ¡Mirad sus labios! ¡Miradla! ¡Miradla!

A pesar de sus horribles heridas, Henri van Blarenberghe no muere en seguida. Y yo no puedo menos de encontrar muy cruel (aunque tal vez útil, ¿acaso estamos seguros de lo que fue en realidad el drama? Acordaos de los hermanos Karamazov) el gesto del comisario de policía. "El desdichado no está muerto. El comisario lo cogió por los hombros y le habló: '¿Me oye? Conteste'. El asesino abrió el ojo intacto, guiñó un momento y cayó de nuevo en coma". Ante este cruel comisario me dan ganas de repetir las palabras con que Kent, en la escena de *El rey Lear*, que yo citaba precisamente hace un momento, detiene a Edgardo, que quería despertar a Lear, ya desvanecido: "¡No, no perturbes su alma!¡Oh, déjala partir! Querer tenerlo más tiempo atado a la rueda de esta dura vida es odiarle".

Si he repetido con insistencia estos grandes nombres trágicos, sobre todo el de Ayax y el de Edipo, el lector debe comprender por qué, por qué también he publicado estas cartas y escrito esta página. He querido demostrar en qué pura, en qué religiosa atmósfera de belleza moral tuvo lugar esa explosión de locura y de sangre que la salpicaba sin llegar a mancillarla. He querido ventilar la estancia del crimen con un aire que viene del cielo, que ese suceso era exactamente uno de aquellos dramas griegos cuya representación era casi una ceremonia religiosa y que el pobre parricida no era ya una bestia criminal, un ser fuera de la humanidad, sino un noble ejemplar de humanidad, un hombre de entendimiento esclarecido, un hijo tierno y devoto al que la más ineluctable fatalidad —digamos patológica, para hablar como todo el mundo— empujó —al más infeliz de los mortales— a un crimen y a una expiación dignos de quedar como ilustres.

"Me es difícil creer en la muerte", dice Michelet en una página admirable. Verdad es que lo dice a propósito de una medusa, en la que la muerte, tan poco diferente de su vida, no tiene nada de increíble, de suerte que podemos preguntarnos si Michelet no habrá hecho otra cosa que utilizar en esta frase una de esas "reservas de cocina" que tan a mano tienen los grandes escritores y gracias a las cuales están seguros de poder servir de improviso a su clientela el manjar especial que su cliente les reclama. Mas si bien creo sin dificultad en la muerte de una medusa, no puedo creer fácilmente en la muerte de una persona, ni siquiera en el simple eclipse, en la simple decadencia de su razón. Nuestro sentido de la continuidad del alma es el más fuerte. ¡De modo que ese espíritu que, hace un momento, desde sus atalayas dominaba la vida, dominaba la muerte, nos inspiraba tanto respeto, está ahí ahora dominado por la vida, por la muerte, más débil que nuestro espíritu que, por más que se empeñe, no puede ya inclinarse ante lo que tan rápidamente se ha convertido en un casi nada! En esto de la locura ocurre como con la debilidad de las facultades en el anciano, como con la muerte. ¡De modo que el hombre de ayer escribió esta carta que yo citaba hace un momento, una carta tan elevada, tan sensata, ese hombre hoy…! ¡Y hasta, descendiendo a detalles infinitamente pequeños, muy importantes aquí, el hombre que estaba muy razonablemente unido a las pequeñas cosas de la vida, que contestaba tan elegantemente a una carta, que desempeñaba tan puntualmente una gestión, que le importaba la opinión de los demás, que deseaba parecerles, si no influyente, por lo menos amable, que llevaba con tanta finura y tanta lealtad su juego en el tablero de ajedrez social!… Digo que esto es muy importante aquí, y si cité toda la primera parte de la segunda carta que, en realidad, parecía no interesar a nadie más que a mí, es porque esta razón práctica parece más exclusiva aún de lo ocurrido que la bella y profunda tristeza de las últimas líneas. Con frecuencia, en un espíritu ya desvastado, son las ramas cimeras las últimas que sobreviven, cuando todas las ramificaciones más bajas han sido ya podadas por el mal. Aquí, la planta espiritual está intacta. Y hace un momento, al copiar esas cartas, hubiera querido hacer sentir la suma delicadeza, unida a la más increíble firmeza, de la mano que trazó esos caracteres, tan netos y tan finos…

"¡Qué has hecho de mí! ¡Qué has hecho de mí!" Pensando bien en ello, acaso no hay una madre verdaderamente amante que, en su último día, a veces mucho antes, no pudiera dirigir este reproche a su hijo. En el fondo, envejecemos, matamos a todo el que nos ama con los disgustos que le damos, hasta con la inquieta ternura que le inspiramos y a la que ponemos en continua alarma. Si supiéramos ver en un cuerpo querido el lento trabajo de destrucción proseguido por la dolorosa ternura que lo anima, ver los ojos cansados, el pelo que por mucho tiempo permaneció invenciblemente negro y que luego claudica como lo demás y encanece, las arterias endurecidas, los riñones obturados, el corazón forzado, derrotado el valor ante la vida, el caminar más lento y más pesado, el espíritu que sabe que ya no tiene nada que esperar, cuando tan incansablemente rebullía en invencibles esperanzas, la alegría misma, la alegría innata y, al parecer, inmortal, que tan bien se llevaba con la tristeza, la alegría para siempre extinta; acaso quien supiera ver esto, en ese momento tardío de lucidez que las vidas más hechizadas de quimeras pueden muy bien tener, puesto que hasta la de Don Quijote tuvo el suyo, acaso ése, como Henri van Blarenberghe cuando mató a su madre a puñaladas, retrocedería ante el horror de su vida y se abalanzaría a la escopeta para morir sin más tardar. En la mayor parte de los hombres, una visión tan dolorosa (suponiendo que puedan ascender hasta ella) se borra rápidamente a los primeros rayos de la alegría de vivir. Pero ¿qué alegría, que razón de vivir, qué vida pueden resistir a esa visión? Entre ella o la alegría, ¿cuál es la verdadera, qué es "la Verdad"?

CARA CRUZ

AQUI
TERMINA
CARA

EN CADA EJEMPLAR DE LA CO-
LECCIÓN CARA Y CRUZ EL LEC-
TOR ENCONTRARÁ DOS LIBROS
DISTINTOS Y COMPLEMENTA-
RIOS • SI QUIERE CONOCER
ENSAYOS SOBRE
LA MUERTE DE
LAS CATEDRALES
Y
MARCEL PROUST
CITAS A PROPÓSITO DE ELLOS,
CRONOLOGÍA Y BIBLIOGRAFÍA,
EMPIECE POR ÉSTA, LA SECCIÓN
"CRUZ" DEL LIBRO • SI PREFIERE
AHORA LEER LA OBRA, DELE
VUELTA AL LIBRO Y EMPIECE
POR LA TAPA OPUESTA, LA
SECCIÓN "CARA"

A propósito de

MARCEL PROUST

Y SU OBRA

A propósito de

MARCEL PROUST

Y SU OBRA

COLECCIÓN

GRUPO EDITORIAL NORMA

Barcelona, Buenos Aires, Caracas,
Guatemala, México, Miami, Panamá, Quito, San José,
San Juan, San Salvador, Santafé de Bogotá, Santiago, São Paulo.

CONTENIDO

LA TRÁGICA VIDA DE
MARCEL PROUST*

Stefan Zweig

NACIÓ en París, al final de la guerra, el 10 de julio de 1871. Era hijo de un médico, y su familia pertenecía a la más alta y adinerada burguesía. Pero ni la ciencia del padre ni las riquezas de la madre pudieron aliviarle la niñez: a los nueve años, el pequeño Marcel comenzó a cuidar de su pobre, quebradiza salud.

A la vuelta de un paseo por el bosque de Bolonia sufrió un ataque de asma, y ya para siempre, hasta que Marcel exhaló el último suspiro, los ataques asmáticos le fueron desgarrando el pecho. Desde aquel día se le prohibió casi todo: los viajes, los juegos, el ajetreo y las travesuras. Se le prohibió, en una palabra, la niñez. Desde muy temprano, pues, se volvió observador, delicado, nervioso y fácilmente irritable, y por esto se convirtió en un ser de extraordinaria sensibilidad nerviosa e intelectual.

Marcel amaba el campo de una manera apasionada; pero raras veces pudo gozar de él, y nunca, desde luego, en primavera. Porque en primavera, la fecundidad de

---

*   En Stefan Zweig, *Obras completas*, 2ª edic., Vol. IV, Barcelona, Editorial Juventud, 1959, págs. 861 - 868. Traducción de Tristán La Rosa, reproducida con autorización de Editorial Juventud.

la naturaleza, el calor y el polen herían sus delicados órganos. Marcel gustaba de las flores, pero no podía acercarse a ellas. Cuando un amigo entraba en su habitación con un clavel en el ojal, Marcel se veía obligado a rogarle que se desprendiera de la flor. La estancia en un salón adornado con flores lo obligaba luego a guardar cama. Por eso, para poder ver aquellos colores tan queridos y para poder contemplar los perfumados cálices, Marcel se paseaba a veces en un coche cerrado, a través de cuyos cristales los miraba él ansiosamente. Y para consolarse de su perpetuo encierro en París, compraba libros de viajes; libros que hablasen de países lejanos, que nunca podría él visitar. Una vez, sin embargo, llegó hasta Venecia, y en un par de ocasiones se acercó al mar. Pero cada uno de estos viajes le costaba un esfuerzo desmesurado. Y acabó encerrándose en París.

Sus dotes de observación se fueron agudizando. El tono de una conversación, la horquilla que sujeta el cabello de una mujer, la manera como alguien se sienta a la mesa y se levanta de ella, y todos los pequeños detalles del mundo espiritual iban quedando impresos en su memoria. Entre dos parpadeos, su vigilante mirada era capaz de atrapar la menor nimiedad, y en su oído quedaban inalterablemente retenidos todos los matices, giros y rodeos de cualquier conversación. Por esto pudo luego contar en ciento quince páginas, y sin que faltara ni un aliento, ni un giro ocasional, ni un titubeo, ni una transición, las palabras pronunciadas en cierta ocasión por el conde Narpois. Los ojos y los oídos de Marcel estaban siempre vigilantes y despiertos y suplían, en la medida de lo posible, a los otros órganos extenuados.

Al principio, los padres de Marcel quisieron que el chico se dedicara a la diplomacia; pero la delicada salud del muchacho desbarató todos los proyectos. En definitiva, sin embargo, los padres de Marcel eran ricos y, por otra parte, su madre lo adoraba. Así es que el futuro escritor malbarató su juventud en visitas y reuniones. Hasta los treinta y cinco años arrastró él la vida más necia y sin sentido que jamás haya llevado algún artista. Proust, que era recibido en todos los salones, se portaba como un verdadero *snob*. Durante quince años se pudo encontrar en todos los salones a este muchacho cariñoso y despierto, que siempre, aunque estuviera aburrido, se mostraba conversador y cortés. Proust se apoyaba entonces en las esquinas de los salones y mostraba en ellas su ductibilidad en el arte de la conversación. A veces, pese a que en resumidas cuentas era un desconocido, la aristocracia de *faubourg* Saint-Germain lo admitía en sus reuniones, lo cual significaba un gran triunfo para él.

El aspecto exterior de Marcel Proust no tenía nada de extraordinario. No era particularmente apuesto ni elegante. Tampoco llevaba un apellido noble, y era hijo de una judía. Sus méritos literarios eran escasos; pues su obrita *Les plaisirs et les jours* no había tenido, pese a la amable charla que sobre ella hizo Anatole France, un auténtico éxito. Su generosidad, sin embargo, le hacía ser querido. Colmaba a todas las mujeres de preciosas flores y abrumaba a todo el mundo con inesperados regalos, prodigaba sus invitaciones y procuraba ser amable y simpático hasta con las personas menos importantes. En el hotel Ritz era famoso por sus banquetes y sus fantásticas propinas. Pues Proust daba diez veces más que los millonarios americanos, y al pisar el

recibidor del hotel, todos los criados acudían a él como moscas. Sus invitaciones eran de una fantástica prodigalidad y de una extraordinaria selección. Proust se hacía traer las especialidades de las mejores tiendas: las uvas, de una frutería de la *Rive Gauche*; los pollos, del Carlton, y los dulces, del Niza. Así se hizo suyo al *tout Paris*, sometiéndolo a fuerza de buenos modales y de complacencias, sin que él, por su parte, esperara nada en cambio.

Pero todavía más que su trato y su inusitada prodigalidad, lo que lo introdujo en el gran mundo fue su enfermiza veneración hacia los ritos sociales, su adoración a la etiqueta y la inusitada importancia que siempre dio a todo lo mundano. Proust adoraba el no escrito "Cortesano" de la moral aristocratica. El problema de la preparación de una mesa era para él una cuestión de suma transcendencia. El por qué la princesa X colocó al marqués Z a un extremo de la mesa, e hizo sentar al barón A en la presidencia de la misma, eran cuestiones que lo preocupaban durante días enteros. Como si tratara de grandes catástrofes, cada pequeña habladuría y cada pequeño escándalo le producían una tremenda excitación. Preguntaba a quince personas acerca del misterioso orden de las invitaciones cursadas por la princesa M, e indagaba por qué aquella otra dama de la aristocracia invitó a su palco al señor F. Y así, a través de esa pasión, a través de ese tomarse en serio las naderías sociales —cosa que en sus libros también aparece—, se ganó él un puesto de maestro de ceremonias en ese mundo ridículo y teatral.

Durante quince años vivió tan alta inteligencia —una de las mayores de Europa— esa existencia sin sentido; codeándose con holgazanes y advenedizos;

acostado, a causa de la fiebre, durante el día; vestido de etiqueta, en los salones durante la noche; perdiendo el tiempo entre invitaciones y cartas de recomendación. En el cotidiano baile de las vanidades, Proust era la persona más inútil. En todas partes se le recibía bien; pero en ningún sitio era considerado conforme a sus méritos. En realidad, no era más que un frac y una corbata blanca entre otros fracs y otras corbatas blancas.

Un pequeño rasgo, empero, lo diferenciaba de los demás. Cada día, cuando Proust llegaba a su casa dispuesto a acostarse, incapaz de conciliar el sueño, escribía cuartillas y más cuartillas en las que iba anotando todo lo que durante la jornada había observado y oído. Aquellas cuartillas fueron formando gruesos rimeros, que él guardaba en grandes carpetas. Y como Saint-Simon, que en la corte parecía ser un joven sin importancia, y luego, de una manera misteriosa, se convirtió en el protagonista y juez de toda una época, así, sin que nadie se enterara, quizá para convertir lo efímero en duradero, Marcel Proust anotaba cada noche, entre observaciones y pensamientos, lo más fugaz y baladí del *tout Paris*.

Una pregunta sólo para sicólogos: ¿Qué es lo primero, lo más importante? ¿El inepto y enfermo Marcel Proust que durante quince años lleva esa existencia necia y sin sentido, propia de un *snob*, y esas notas que no son entonces más que una ocupación marginal y anecdótica, o el Proust que, para luego escribir una obra maestra, va a los salones, como un químico a su laboratorio o un herborista al campo, con objeto de recoger materiales? ¿Disimula o es sincero? ¿Combate él en el ejército de los despilfarradores o es

un espía de otra latitud más alta? ¿Ese enorme interés por la sicología de la etiqueta es algo vital o solamente es la artimaña de un artista apasionado? Es posible que ambos extremos estuvieran unidos en él de una manera tan genial y mágica, que si el destino no lo hubiera arrancado repentinamente del fútil pasatiempo de las conversaciones y no le hubiese impuesto una vida introvertida, iluminada por su propia, íntima luz, jamás habría aflorado la extraordinaria naturaleza del artista.

La escena cambió de una manera repentina. En 1903 murió la madre del escritor, y poco después los médicos dictaminaron que Proust, cuya salud se estaba agravando por momentos, no tenía ya cura. Y embarcado en los recuerdos, Marcel Proust emprendió un largo viaje a través de su vida pasada.

Se encerró en su piso del boulevard Haussman, y el antiguo paseante y holgazán se convirtió en uno de los más infatigables trabajadores de esta centuria. Cada noche, apartado de la vida social, recluido en la más íntima soledad, Proust escribía sin descanso.

Era un cuadro trágico: todo el día yacía en cama. Su cuerpo, siempre sacudido por la tos, delgadísimo, no reaccionaba contra el frío. Marcel vestía tres camisas, se cubría el pecho con un gran paño y se calzaba guantes, a pesar de lo cual continuaba teniendo escalofríos. Ardía un gran fuego en la chimenea y la ventana no se abría jamás; pues el par de lastimosos castaños que había junto a su casa, en la calle, le dañaban a causa del olor. No había en París un pecho más delicado que el de Marcel Proust. Siempre, siempre, yacía en cama, igual que un cadáver, respirando con dificultad la densísima atmósfera de aquella habitación.

Muy tarde, sin embargo, se despabilaba, y entonces podía gozar de un poco de luz y de brillo. Y entonces le era dado asomarse a su querido mundo de la elegancia y ver un par de rostros aristocráticos. El criado le vestía el frac, lo arropaba con pañuelos de seda y lo protegía con grandes pieles. Así, para hablar con dos o tres personas, para ver su adorado mundo del lujo, Proust iba al hotel Ritz. Un coche lo aguardaba a la puerta de su casa. Marcel montaba en él y se dirigía al hotel. Allí pasaba toda la noche. Y luego, a última hora, rendido, extenuado, en el mismo coche regresaba al boulevard Haussman.

Cada vez fue saliendo con menos frecuencia. Todavía, empero, requerido por su trabajo, asistía a algunas reuniones. En cierta ocasión, necesitando conocer el ademán de un distinguido aristócrata, se arrastró hasta un salón para poder observar de qué manera llevaba el duque de Sagan su monóculo. Y otra vez, haciendo un esfuerzo titánico, se llegó a visitar a una famosa *cocotte* para preguntarle si todavía guardaba un viejo sombrero que veinte años atrás había llevado, en cierta ocasión, por el bosque de Bolonia. Ese detalle le era indispensable para describir a Odette. Y Marcel quedó completamente confundido cuando, entre grandes burlas de sus amigos, la *cocotte* le dijo que aquel sombrero ya no lo tenía, pues tiempo atrás —años atrás— lo había regalado a su criada.

Marcel abandona el Ritz. Está deshecho. El coche lo conduce a casa. Ante la chimenea cuelga la ropa de dormir. Desde hace tiempo no puede él ponerse la ropa fría. El criado lo arropa y lo conduce a la cama. Y allí, aguantando la pequeña mesilla, escribe su novela *A la recherche du temps perdu*. Veinte carpetas están llenas

de bosquejos. Las sillas y las mesas que hay junto a la cama, y el mismo lecho, aparecen llenas de fichas y de cuartillas. Escribe día y noche. Escribe, incluso, durante las horas de debilidad, a pesar de la fiebre. Escribe con las manos enguantadas y temblorosas. A veces, le visita algún amigo, y Proust, lleno de curiosidad, le pregunta mil detalles de la vida social. Y, a pesar de estarse apagando, con la inmensa sensibilidad de los curiosos, tienta Proust el perdido mundo de la frivolidad. Azuza a sus amigos como si fueran perros de caza. Quiere él que le informe acerca de ese y de aquel escándalo; pues Marcel necesita saber los más mínimos detalles de ese y de aquel personaje. Y todo cuanto se le dice lo anota él con nerviosa ansiedad.

La fiebre es cada vez más elevada. Paso a paso se va acabando esta pobre, enfebrecida sombra humana. Pero la novela o, mejor dicho, las novelas contenidas en *A la recherche du temps perdu*, avanzan.

En 1905 fue empezada la obra, y en 1912 la da él por terminada. Al principio habían de ser tres tomos; pero, debido a las tardanzas de los impresores, se convirtieron luego en diez. Le preocupa la idea de la edición. Marcel Proust, el cuarentón, es completamente desconocido. No; peor que desconocido: goza de mala fama en el mundo literario. Porque Proust no es más que el *snob* de los salones, el pequeño escritor mundano de quien Le Figaro publica de vez en cuando algunas anécdotas de la vida social, al pie de las cuales, en vez de Marcel Proust, los distraidos suelen leer Marcel Prévost. Nada extraordinario se le puede augurar a este escritor. Desde un punto de vista razonable, no puede él esperar gran cosa, porque el público lo desconoce o tiene una idea equivocada de él. Los amigos, claro está, tratan de

asegurarle, mediante influencias, el éxito. Un aristócrata invita a Gide, el piloto de la Nouvelle Revue Française, y le entrega el manuscrito. Pero la Nouvelle Revue Française, la misma que con esta obra había luego de ganar cientos de miles de francos, lo rechaza inmediatamente. Y lo mismo hacen Mercure de France y Ollendorf. Por fin se encuentra, sin embargo, a un editor anónimo que quiere arriesgarse. Pero todavía hay que esperar dos años —hasta 1913— para que el primer tomo aparezca. Y como si la fama no quisiera nada con él, la guerra corta las alas del éxito.

Después de la guerra, cuando ya han aparecido cinco tomos, comienza Francia y toda Europa a fijarse en esta épica obra de nuestro tiempo. Pero el glorioso Marcel Proust ya no es más que una persona macilenta, enfebrecida e inquieta; una sombra estremecida; un pobre enfermo que únicamente concentra todas sus fuerzas para asistir a la aparición de su obra.

Sin embargo, por las noches todavía se arrastra hacia el Ritz. Allí, sobre la mesa levantada o en el mismo rincón del portero, corrige él las últimas galeradas; pues en casa, en la habitación, en cama, Proust presiente el frío de la tumba. Sólo aquí, donde su querido mundo aristocrático relampaguea ante sus ojos, siente él la presencia de sus últimas fuerzas. En casa, aliquebrado como está, se nota a morir. Sólo valiéndose de narcóticos puede conciliar el sueño, y únicamente a fuerza de cafeína le es dado sostener una conversación o trabajar un rato.

Su vida se acaba cada vez más aprisa; pero cada vez trabaja él, para adelantarse a la muerte, con más tesón. No quiere ver más médicos. Los médicos lo han

torturado demasiado tiempo y nunca, en verdad, le han ayudado.

Así se defendió hasta el último momento, y así murió el 18 de noviembre de 1922.

Durante los últimos días, cuando ya la muerte lo había apresado, se arroja él a lo inevitable con la única arma del artista: la observación. Heroicamente, despierto hasta la última hora, analiza Proust su propio caso, y esas observaciones le sirvieron para aportar nuevos detalles a la muerte de Berdotte, uno de sus mejores personajes, cuyo final describió Proust con un verismo estremecedor.

Y sobre la mesita de noche, entre las medicinas, se encontró una cuartilla, escrita con la mano medio fría, en la que apenas podían leerse sus últimas palabras. En aquella cuartilla había él anotado una observación para un nuevo libro que desde años atrás venía meditando.

Así golpeó él, en pleno rostro, a la muerte: último gesto del artista que, mientras espera el final, vence, heroicamente, el temor de morir.

1925

MARCEL PROUST

Hernando Téllez

MARCEL Proust nació en París el 10 de julio de 1871. Fueron sus padres el médico Adrien Proust —católico— y la señora Weil —judía—. La mayor parte de su infancia se desliza en la casa número 9 del boulevard Malesherbes. Por la época de vacaciones, cada año, la familia se desplaza a Iliers, cabeza de cantón de Eure-et-Loir, situado a veinticuatro kilómetros Chartres, en un delicioso rincón de la provincia francesa. A los once años entra al Liceo Condorcet. Por entonces aparecen los primeros síntomas de su dolorosa enfermedad —el asma— y se ve obligado a renunciar a la permanencia en el campo, durante el verano. En 1889, a los diez y ocho años de edad, se enrola como voluntario en el regimiento de infantería acantonado en Orleans. Liberado al poco tiempo, también a causa de su enfermedad, termina sus cursos de licenciado en letras y empieza a publicar algunos breves artículos en El Banquete y La Revista Blanca de León Blum y de otro grupo de condiscípulos suyos del Liceo mencionado, entre los cuales figuran Robert Dreyfus, Reinaldo Hann, Antoine Bibesco, tres de sus mejores y más fieles amigos.

En estos años se le ve mucho en el mundo brillante y banal de los grandes salones parisienses, en el *faubourg*

Saint-Germain, en el círculo de *madame* Strauss, de *madame* Caillavet, del matrimonio Collete-Willy, haciendo de *vedette* en los grupos más cerrados y hostiles de la rica burguesía y de la aristocracia, ya arruinada y en decadencia. proust es, a la sazón, un hombre joven, dueño de inmensa fortuna, de salud frágil, nervioso, complaciente, generoso hasta el ridículo, galante hasta la más fastidiosa exageración, pródigo en propinas, en obsequios, en alabanzas, en excusas, en explicaciones. Se le juzga como a un refinado y completo arquetipo del *snob*, del *salonard*, en el género *hijo de rico*, que resplandece en los círculos sociales por su elegante vanidad, su despreocupación, su pereza inteligente, sus frases, su disposición inalterable para seguir el curso de una vida sin otro objeto que el de la conversación intrigante y amable, y la búsqueda de placeres fáciles y cómodos.

En 1896 —a los veinticinco años— publica un pequeño cuaderno de versos —*Retratos de pintores*— que sale a la luz pública, acompañado de un texto musical, creación de Reinaldo Hann. En ese mismo año aparece su primer libro —*Los placeres y los días*— en que recoge buena parte de sus breves trabajos literarios dispersos en las revistas antes mencionadas. Este libro en preciosa edición, ilustrado por Madeleine Lemaire, trae un corto prólogo de Anatole France, arrancado al maestro por la ternura impaciente y despótica de *madame* Caillavet, la ninfa Egeria del maestro, en cuyo salón ocupaba Marcel Proust una situación de joven consentido y mimado.

En este prólogo podemos leer lo siguiente, que fija, con cierta adivinación instintiva la posición posterior de France ante la obra proustiana:

¿Por qué se me ha solicitado ofrecer este libro a los espíritus curiosos? ¿Y por qué he prometido al autor tomar sobre mí ese cuidado demasiado agradable, pero bien inútil? Su libro es como un rostro joven pleno de raro encanto y de fina gracia. Se recomienda por sí solo, habla de sí mismo y se ofrece a pesar de sí mismo.

Sin duda es un libro joven. Joven con la juventud del autor. Pero viejo con la vejez del mundo. Es la primavera de las hojas sobre las ramas antiguas, en la floresta secular. Se diría que los nuevos retoños están tristes por el profundo pasado del bosque y llevan consigo el duelo de incontables primaveras abolidas. El grave Hesíodo habló a los pastores de Helicón sobre *Los trabajos y los días*. Es todavía más melancólico hablar de los mundanos y las mundanas de *Los placeres y los días* si, como lo pretende cierto hombre de Estado inglés, la vida sería soportable sin los placeres. También el libro de nuestro joven amigo ofrece cansadas sonrisas, actitudes fatigadas de indiscutible belleza. Su misma tristeza aparece agradable y cambiante, conducida y sostenida por un maravilloso espíritu de observación, por una inteligencia dúctil, penetrante y verdaderamente sutil. Este calendario de *Los placeres y los días* marca las horas de la naturaleza en el armonioso cuadrante del cielo, del mar y de los bosques; y las horas humanas, en fieles retratos y pinturas de un acabado perfecto.

Marcel Proust se complace igualmente en describir el desolado esplendor del sol agonizante y las agitadas vanidades de un alma de *snob*. Pinta, de mano maestra, los dolores elegantes, los sufrimientos artificiales, que son iguales, por lo menos en crueldad, a los que la

naturaleza nos otorga con prodigalidad maternal. Confieso que esos sufrimientos inventados, esos dolores creados por el genio humano, esos dolores artísticos, me parecen infinitamente interesantes y preciosos, y le debo reconocimiento a Marcel Proust por haber estudiado y descrito algunos selectos ejemplares de ellos.

Este libro nos atrae, nos sumerge en una atmósfera de caliente invernadero, entre sabias orquídeas que no alimentan en la tierra su extraña y enfermiza belleza. De pronto, en el aire pesado y delicioso, surge una flecha luminosa, un rayo que atraviesa los cuerpos. De un golpe, el poeta ha penetrado el pensamiento secreto, el deseo inconfesado.

He aquí la manera y el arte de Proust, que muestran una seguridad sorprendente en tan joven arquero. Él no es del todo inocente. Se ofrece, sincero y verídico, hasta el punto de que se torna cándido, pero así también complace. Hay en Proust un poco de Bernardino de San Pierre depravado y de Petronio ingenuo. ¡Dichoso libro el suyo! Irá por la ciudad, ornado, perfumado con las flores de que lo ha cubierto Madeleine Lemaire con su mano divina que esparce las rosas y el rocío.

En esta presentación que Anatole France hace del joven arquero se acusa, como comprimida y disimulada, la actitud de lejanía, de indiferencia y de cordial desvío del viejo escritor —por esta misma época en plena y fulgurante gloria— respecto de la obra posterior, de la grande obra de Proust —*A la reconquista del tiempo perdido*— la cual, por otra parte, el creador de *Crainquebille* no pudo conocer en su totalidad.

En ese primer libro de Proust no alcanzó a advertir France y, desde luego, no tenía por qué advertir, que allí se encontraba, en germen, en una especie de primer balbuceo, de cristalización primigenia, todo el método genial del arte proustiano, insidiosamente concentrado, reducido a unas cuantas desconcertantes fórmulas estéticas, y a un primer esquema del estilo que unos años después alcanzaría todo su amplísimo ritmo, su volumen, sus acentos, su melodía, y su atmósfera inconfundibles. Allí estaban, además, las bases de la obra futura, sumergidas como Atlántidas preciosas bajo las aguas literarias de ese libro, recibido por la crítica parisiense sin curiosidad ni interés, apenas como el entretenimiento caprichoso de un joven hombre de mundo, que podía darse el lujo adicional de escribir y editar, a todo costo, los divertimientos, las fantasías de su excepcional imaginación. La frialdad de Anatole France y de todos los hombres de letras de esa época, respecto del arte de Proust, se basaba, entre otras cosas, en las circunstancias mismas de la vida del escritor. Proust aparecía como un aficionado a las *cosas bellas*, como un ente deliciosamente superficial, para quien no era ajeno ninguno de los goces de la sensibilidad y de la inteligencia, pero cuya voluntad se dispersaba puerilmente en los inútiles afanes del *snob* que circulaba haciendo venias y prodigando alabanzas por entre el tibio y pernicioso clima de los salones de París.

Es ésta, se dijeron los críticos, la obra simpática, insustancial y liviana de un *salonard*. Y más allá de las esquelas de agradecimiento por el envío del libro, acompañado para siempre de una dedicatoria en que el elogio para el destinatario tomaba las proporciones más extremas, no hubo sino un vasto silencio, un

océano de indiferencia. ¿Un libro más, qué importaba a la Francia literaria de 1896? El autor era un hombre conocido en los salones de las marquesas y de los burgueses del *faubourg* Saint Germain. Y era visto con prevención, con fastidio, en los círculos artísticos y literarios en donde su riqueza y su incansable, su agobiadora generosidad, predisponían en su contra a las gentes de letras, pobres de ordinario y en táctica querella con ese mundo ocioso y delicuescente de los salones, del cual surgía Proust, como de un naufragio, en las horas de la madrugada pariense, para llegar a la tertulia literaria de León Daudet en el café Weber, friolento, enervado, pálido, los ojos lánguidos y cansados, las manos enguantadas, metido en su abrigo de suave cuello de marta y ostentando en el ojal de la solapa una gardenia ya mustia.

* * *

DE 1897 A 1904, Marcel Proust se entrega a una tarea literaria cuyas huellas quedan dispersas en tres publicaciones de carácter periódico: La Revista de Arte Dramático, El Mercurio de Francia y el famoso diario Le Figaro, dirigido a la sazón por Gastón Calmette, a quien años mas tarde, en 1913, dedicará —como un testimonio de profundo y afectuoso reconocimiento— la primera parte de su grande obra, es decir, los dos volúmenes del *Camino de Swann*, publicados inicialmente en uno solo de más de quinientas páginas. En 1904, aparece su espléndida traducción de *La Biblia de Amiens* de John Ruskin, acompañada de un largo ensayo crítico sobre el arte de ese escritor inglés.

En 1905, Proust abandona el mundo, es decir, la sociedad, los salones, y solitario y enfermo, se refugia, para siempre, en su apartamento del boulevard Haussman. En torno suyo empiezan a callarse las voces amadas, cuyo acento, distinto, claro y melancólico, resonará en su recuerdo, hasta cuando sus ojos cansados repasen por última vez y su mano ya sin fuerza trate de corregir el episodio de la agonía de uno de sus personajes, contrastando así su propio desfallecimiento mortal con el de tal héroe de su libro, para acomodar exactamente, minuciosamente, esa muerte a la tremenda realidad de la suya. Ejemplo de responsabilidad, de honestidad intelectual, que no ha tenido, probablemente, en la historia literaria del mundo uno parecido y de tan emocionante patetismo.

El retiro de Proust, impuesto por su voluntad y secundado eficazmente por la dolorosa enfermedad que lo agobiaba, no se interrumpirá en diecisiete años más de vida que le quedan. Se convierte así en un ser invisible, difícil de encontrar, de abordar, de tratar. Sus amigos más fieles tienen que someterse, para poderlo ver breves instantes, a su horario especial: citas a la dos de la mañana, a las tres, a las cinco, pues solamente a esas horas Proust permitirá el acceso a su habitación que huele a *corcho tibio y a chimenea muerta* y en donde persiste y vaga por la atmósfera el humo de las fumigaciones. En el lecho revuelto, desordenado, se ve a un hombre débil, en cuyo rostro brilla la sombra de la barba y la luz viva de los ojos oscuros. Los cuadernos se amontonan arbitrariamente sobre las sábanas, repletos de esa letra menuda y difícil en que se va fijando todo el material de su creación. Durante esos diecisiete años, Proust escribirá, corregirá, enriquecerá

cotidianamente su monumental epopeya. Reconquistará *el tiempo perdido*, y en esa dramática lucha de su propio espíritu contra la fugacidad del tiempo, saldrá vencedor, a pesar de que al final caerá muerto, como un empecinado gladiador para quien los laureles de la victoria sólo podrán tejerse en la corona fúnebre.

La certidumbre, casi matemática, de su muerte, lo obliga a llevar a término una agobiadora y gigantesca tarea intelectual, cuyo término coincide con el término mismo de su vida. La angustia de que la existencia no le alcance para dar remate adecuado a su obra, espolea cruelmente su ánimo y, por lo tanto, se entrega a la creación de manera absoluta y total, clausurando todo contacto con el mundo exterior, transformándose en un cenobita, dentro de los reducidos límites de su cuarto y no viviendo sino del recuerdo y de la memoria, y en la compañía constante del dolor físico. Ese mártir civil del arte, de la belleza literaria, había sido, años antes, un hombre extrovertido y disperso, ocioso y elegante, para quien la vida no parecía tener otro sentido que el efímero y circunstancial de la conversación brillante en los salones, la compañía de las damas aristocráticas y de los *snob*s y burgueses, enriquecidos gracias al juego cambiante de los negocios y de las circunstancias. Triunfaba en Proust la conciencia rigurosa e inexorable de su misión y de su destino intelectual, y ese triunfo originaba el nacimiento de una de las más grandes realizaciones literarias del genio humano.

* * *

A PROPÓSITO de la obra proustiana y de Proust mismo, todo se ha dicho ya. Pretender agrega algo nuevo, original y profundo a la abrumadora bibliografía crítica que en todos los idiomas se ha escrito acerca de *La reconquista del tiempo perdido*, es una tarea llena de azar y de peligro, y, desde luego, extremadamente difícil. Nosotros no la intentamos y, mucho menos dentro de una glosa de simple información literaria. Queremos, apenas, en seguida, señalar, en forma obligadamente esquemática, alguno de los aspectos esenciales de tal obra.

Proust trae a la novela una contribución que destruye, como si dijéramos, el viejo orden, y crea uno nuevo diferente. Esa contribución es nada menos que la del relativismo sicológico y moral. Lo que Einstein realiza en el orden físico con su famosa teoría, Proust lo lleva a término en el orden de los sentimientos, de las pasiones, de la sicología de la persona humana. Después de Proust ya no será posible adherir a ninguna tesis que determine perentoriamente las clasificaciones estrictas para el carácter de un personaje y prevea mecánica e implacablemente sus reacciones ante el amor, la amistad, la política, el arte, los negocios, el vicio, etc. Proust demostró genialmente, cómo todo el mundo interior de la personalidad, es transitorio, cambiante, imprevisible, deleznable, perecedero, y efímero; cómo se desarrolla, crece, madura, nuestra individualidad, en un constante y melancólico morir y revivir de las creencias, de los afectos, de los amores, de las ideas, de los sentimientos; cómo "cada momento agrega alguna cosa nueva e imprevista al inmediato pasado"; cómo va originándose el proceso ineluctable del olvido y de la indiferencia en las almas más

apasionadas y fieles; cómo no es posible garantizar ni la eternidad del amor, ni la de la amistad, ni siquiera la de los hábitos y los vicios más opresores y tenaces; cómo todo va transformándose, cambiando de contenido y de significación, en el espíritu, en la sensibilidad, en el dominio de la inteligencia, en el laboratorio interior de las almas.

Es por ellos por lo que el tiempo y la memoria ocupan tan vasto plano en la obra proustiana, que al fin de cuentas es hija de esos dos elementos. El tiempo actúa sobre los personajes de Proust, como no se presentó hasta entonces en ninguna epopeya literaria. Los personajes de Balzac, por ejemplo, aparecen creados con una sicología predeterminada, fija y estable, de acuerdo con una concepción monolítica de los sentimientos y las pasiones. Vautrin y Rastignac, Eugenia Grandet y Goriot no cambian de aspecto moral y sicológico en el decurso de la acción novelesca imaginada por Balzac. Son entes de una sola dimensión, sobre los cuales podemos anticipar, con los datos iniciales que sobre su personalidad ofrece el novelista, cuál va a ser el repertorio de sus reacciones. Y, además, el tiempo no origina en ellos ninguna transmutación interior y casi tampoco ninguna física. En Proust asistimos, por el contrario, a la fatal e imprevisible descomposición o transformación de las almas y de los cuerpos; vemos cómo el tiempo va operando su invencible tarea destructora sobre los rostros y en el subfondo de las conciencias; cómo va mordiendo, despedazando, aniquilando, las formas exteriores de la belleza humana y las formas interiores de la personalidad; cómo va tejiendo alianzas desconcertantes e ilógicas en apariencia, y abriendo abismos de olvido

insalvables y definitivos, entre seres que se amaron locamente o que se creían predestinados para una incorruptible convivencia.

El examen de la persona humana llega con Proust a una cima todavía no superada. Su trabajo es un minucioso y paciente trabajo de histólogo de los sentimientos, que sigue con ojo alerta el movimiento molecular de la realidad, el ritmo sinuoso de la pasión amorosa, de los celos, del amor maternal, del amor físico, del amor platónico, del vicio, de la devoción artística, del *snobismo,* de los prejuicios sociales. Con el cruel y eficaz instrumento de su análisis, nos enseña la inanidad que va implícita en toda ley que pretenda darle un molde preciso a la personalidad y acordar a una determinada pauta sicológica y moral la conducta de la conciencia. Su mensaje es infinitamente desolador, pero es exacto. Todo es mudable, inestable y cambiante en la indivualidad, nos dice, al revelarnos el proceso del amor y del desamor, de la indiferencia y del olvido, de la desintegración celular de los sentimientos, de la deformación paulatina de las pasiones y de los hábitos. Todo, sí, menos la plenitud del arte que, por lo demás, no se consigue sino en breves y fugaces momentos: los minutos en que vibra la frase musical de una sonata, aquel instante cuando entrevimos en la lejanía crepuscular del perfil gótico de un campanario, el momento de la contemplación de un cuadro, esa tarde maravillosa en la campiña provinciana, aquel perfume de flores campesinas que resucitan el recuerdo de un lejano día de la niñez... Fijar, detener el tiempo para que ese minuto no se pierda en el abismo de la conciencia, y poder reconstruir, reconquistar así el pasado perdido, he ahí el milagro de la obra proustiana,

que es, por ello mismo, un monumento de la memoria victoriosa del tiempo y del espacio.

Se entiende así fácilmente que una realización estética de tal índole tenga las proporciones y la significación que alcanza la obra de Marcel Proust. Y que, por lo tanto, su análisis, su exégesis, su cabal explicación, necesiten un desarrollo vastísimo. Hemos señalado, en las anteriores líneas, haciendo un deliberado esfuerzo de concentración, de restricción analítica, el aspecto, a nuestro juicio, primordial, de esa misma obra, o mejor dicho, lo que en nuestra opinión juzgamos como el aporte sin igual, ofrecido por Proust al examen desinteresado de la persona humana.

Quedan por fuera, sin mención siquiera leve, muchos otros aspectos de tal obra. No hemos aludido al millonario y prodigioso caudal poético, a la atmósfera de profunda y emocionante poesía en que se encuentra sumergida, bañada, vivificada cada una de esas páginas inmortales; no hemos dicho nada sobre el estilo de Proust, sobre esa sinfonía vasta, numerosa, cadenciosa, envolvente y mágica de tal estilo; nada tampoco sobre la consumada estrategia de la composición y de la arquitectura de su obra; nada sobre su desconcertante sentido de lo cómico; nada sobre el lugar prominenete que ocupan en *La reconquista del tiempo perdido* la música, la escultura, la pintura; nada sobre su visión de la guerra; nada sobre sus teorías acerca del dolor físico y de la angustia moral; nada sobre la interpretación proustiana de la muerte y del amor y del vicio. Cada uno de estos temas requiere, por lo menos, un libro. Venturosamente, la bibliografía proustiana es inmensamente rica en calidad y en cantidad. A ella podrán acudir quienes deseen ampliar

las comarcas del conocimiento y de la interpretación de una de las obras capitales de la literatura contemporánea.

LA COMPAÑÍA DE PROUST *

Álvaro Mutis

CON EL PASO de los años asistimos a una liquidación inexorable de amistades y entusiasmos, a un necesario decantamiento de lecturas e incursiones por la música y la pintura. Es como si el solitario silencio de nuestra vejez sólo pudiera ser frecuentado por voces que aludan exclusivamente a lo que Proust llamaba "la vida, la única vida, la vida verdaderamente vivida". Con referencia a las lecturas sé decir que a mi lado sólo quedan ya, para siempre, la presencia de Proust, el delgado y hondo lamento de Cernuda, la melancólica derrota de Conrad y la dorada vetustez de los hechos de Bizancio. Del resto, del ávido buscar lo nuevo, la voz inesperada, la revelación que cambiaría nuestra vida, sólo queda ya un vasto hastío inapelable.

Esta necesaria y cotidiana compañía de Proust viene no tanto de su obra admirable, cuya familiaridad no excluye, es cierto, abismales sorpresas deparadas, más por los cambios de nuestro ser que por un texto mismo de *A la recherche du temps perdu*, como de su vida misma, de su intimidad revelada con riqueza entrañable y siempre inquietante en correspondencia y en el testimonio de sus amigos más íntimos. Tal vez sea esta

* © Álvaro Mutis, 1981.

condición la que hace de Proust el único verdadero clásico de nuestro siglo y quizás el último que tenga el hombre el privilegio de contar en su paso por la Tierra.

Hay en la persona de Proust, en su atribulada vida de neurótico, en el lúcido saber de su desastrosa relación con los demás seres, en la agónica desesperación de sus últimos años de encierro dedicados por entero a escribir esa meditación sobre el tiempo que es su obra, la cual paradójicamente se nos aparece hoy con la luminosa y eficaz intemporalidad de Sófocles, de Dante o de Montaigne; hay en todo ello algo tan esencialmente suyo, que hace un idioma que comienza a prescribir entre los hombres y que ha servido en los últimos doscientos años a literaturas de tercera zona, a una retórica ñoña y estéril. De allí una de las razones por las cuales la prosa de Fuentes, de Cortázar, de García Márquez o de Vargas Llosa venga de una poesía densa, que abandonó para siempre a los poemas escritos por los contemporáneos de estos novelistas. Pero ni siquiera este aire renovador puede salvar a todo el mundo de las letras ibéricas de su evidente decrepitud, de su futilidad inminente.

Un libro más de poemas comienza su solo peregrinaje hacia el olvido, hacia el anonimato de las librerías, hacia las anónimas hileras de las bibliotecas, hacia la efímera memoria de los amigos, pero ha cumplido ya, antes de salir a la luz, ese sordo trabajo necesario que ha preservado al poeta de un destino aún más provisorio que el de su libro.

1965

A PROPÓSITO DE MARCEL PROUST

SU LIBRO (*Los placeres y los días*) es como un rostro joven lleno de raro encanto y de gracia fina... Es joven, sin duda. Es joven con la juventud del autor. Pero es viejo con la vejez del mundo. Es la primavera de las hojas en los ramos antiguos, en el bosque secular. Pareciera que los brotes nuevos están entristecidos por el profundo pasado de los bosques y llevan el luto de tantas primaveras muertas.

Anatole France

PROUST fue uno de los primeros, entre los grandes novelistas, que se ofreció a dar a la inversión sexual el lugar que ella ocupa en las sociedades modernas, y que los autores antiguos le reconocían sin ambages. Tan sólo Balzac, antes de Proust, había pintado seriamente a Sodoma en el ciclo de *Vautrin* y esbozado un aspecto de Gomorra en *Fille aux yeux d'or*. Proust, balzaciano apasionado, estudió a su predecesor con inteligencia y pasión.

André Maurois

PROUST creía fundadamente, que su vida tenía la forma y trascendencia de una obra de arte. Por esto se propuso seleccionar, proyectar en la distancia, y transformar la realidad, a fin de revelar su universal trascendecia.

George D. Painter

AMBOS presentan (Proust y Montaigne) el mismo movimiento de la frase, las mismas imágenes vivas e irresistibles, el mismo estilo expansivo, que estrechamente corresponde a la continuidad y plasticidad de la vida.

Albert Thibaudet

DURANTE su juventud, en apariencia fútil, absorbió todo; asimiló el mundo que después redescubriría dentro de sí mismo mediante uno de los mayores milagros poéticos de nuestra literatura.

François Mauriac

MEDIANTE la fuerza de su imaginación, la fantasía poética, el humor y la magia de su estilo que es quizá su mayor atributo, creó una de las más perdurables obras novelescas. Muchos de los que entran en el laberinto de su obra puede que se pierdan y que la abandonen. No hay atajos. Mas pocos de los que perseveran dejan de hallar el viaje sumamente provechoso.

Philip Kolb

COMO Balzac, Proust fue un artista visionario. El mundo que impuso a sus lectores fue el que llevaba dentro de sí: el de un niño enfermo, demasiado sensible, a la vez muy consentido y maravillosamente dotado, que rompe sus juguetes en cuanto ya no le son útiles o han dejado de complacer a su fantasía.

Marcel Schneider

PROUST tomó de la pintura más de lo que él le dio; y, como Flaubert, cuyo estilo y método corresponden tan estrechamente a los de los realistas y naturalistas de su día, escribió con una óptica que estaba profundamente influida por el estudio de la pintura en general y de los impresionistas en particular.

I. H. Dunlop

EL ARTE de Proust no radica en la invención de sucesos, de personajes, de historias, de sentimientos, de diálogos, de paisajes. Prueba de ello es que ahora confirmamos, día a día, que no inventó nada y que, aun cuando amalgama caracteres, los elementos de esas amalgamas son reales.

Jean François Revel

	MARCEL PROUST	CONTEXTO CULTURAL	CONTEXTO HISTÓRICO
1871	Nace el 10 de julio en Auteil (Francia).	Nacen Valéry y Heinrich Mann. Literatura: Bécquer: *Rimas y leyendas* (póstumo); Dostoievski: *Los endemoniados*; Carroll: *Detrás del espejo*. Swinburne: *Montañas*; Echeverría: *El matadero* (póstumo). Filosofía: Nietzsche: *El origen de la tragedia*; Darwin: *La descendencia del hombre*. Arte: Monet: *Molino en Harlem*. Música: Verdi: *Aída*. Brahms: *Schicksalsled*. Muere Mármol.	Guerra franco-prusiana perdida por Francia; caída de Napoleón III. Comuna de París; insurrección del pueblo parisino contra el gobierno. Unificación de Alemania.
1872		Primera exposición de los impresionistas en París. Inauguración del Royal Albert Hall en Londres. Literatura: Eliot. *Middlemarch*. Machado de Assis: *Resurrección*. Verne: *La vuelta al mundo en ochenta días*; Guimarães: *El buscador de diamantes*; Palma: *Tradiciones peruanas*. Hernández: *Martín Fierro*. Daudet: *Tartarín*	

1873   Nace su hermano, Robert.

de Tarascón. Arte: Renoir: Los remeros de Chatou. Corot: La catedral de Chartres. Degas: La clase de danza. Música: Bizet: La arlesiana. Brahms: Triumphlied. Muere Gautier. Se inaugura el Museo Metropolitano de Nueva York.

Primera república española. En España, tercera guerra carlista.

1874

Nace W. de la Mare y Madox Ford. Literatura: Rimbaud: Una temporada en el infierno. Tolstoi: Ana Karenina. Arte: Cézanne: La casa del ahorcado. Manet: La dama de los abanicos. Música: Bizet: Carmen. Verdi: Réquiem. Primera máquina de escribir. Oscar Levi Strauss inventa el blue jean.

Nacen Churchill, Somerset Maugham, Chesterton y R. Frost. Literatura: Verlaine: Romanzas sin palabras. Mallarmé: Última moda, gaceta del mundo y la familia. Flaubert: La tentación de San Antonio. Hardy: Lejos del mundanal ruido. Arte: Monet: La impresión. Manet: En barco. Nace el impresionismo.

Inglaterra comienza a ejecutar sus planes coloniales en el Pacífico.

1875

Nacen Antonio Machado, Thomas Mann, Anderson, Rilke y Ravel. Literatura: Twain: Las aventuras de Tom Sawyer. Arte: Manet: Los remeros de Argenteuil. Música:

Formación del imperio colonial francés en Asia y África.

	CONTEXTO CULTURAL	CONTEXTO HISTÓRICO
1876	Saint-Saens: *Danza macabra*. Mueren Andersen y Bizet. Inauguración de la Ópera de París.	
	Nacen London, M. de Falla, y Casals. Literatura: Zola: *La taberna*. Mallarmé: *La siesta del fauno*. Arte: Renoir: *El molino de Galette*. Manet: *Retrato de Stéphane Mallarmé*. Música: Wagner: *El anillo de los nibelungos*. Muere G. Sand.	Francia y Gran Bretaña toman conjuntamente el control de Egipto. En España la nueva constitución instaura la monarquía constitucional. En Estados Unidos se acelera el proceso de industrialización.
1877	Nace Hesse. Literatura: *Tres cuentos*. James: *El americano*. Arte: Rodin: *La edad de bronce*. Música: Brahms: *Primera y segunda sinfonía*.	Victoria, emperatriz de la India. Guerra ruso-turca.
1878	Nace Quiroga. Literatura: Stevenson: *Viaje al continente*. Hardy: *El retorno del nativo*. Eça de Queiroz: *El primo Basilio*. Collodi: *Aventuras de Pinocho*. Música: Dvorak: *Danzas eslavas*. Brahms: *Concierto para violín*.	Congreso de Berlín. León XIII, papa.

1879	Nacen Forster y Stevens. Literatura: Ibsen: *Casa de muñecas*. James: *Daisy Miller*. Meredith: *El egoísta*. Arte: Degas: *Carreras de aficionados*. Música: Tchaicovski: *Eugenio Oneguin*.	En África del Sur, guerra anglo-zulú.
	A los nueve años de edad, sufre su primera crisis de asma.	
1880	Nace Musil. Literatura: Zola: *Nana*. Maupassant: *Bola de sebo*. Tennyson: *Baladas*. Swinburne: *Cantos de las mareas de primavera*. Wallace: *Ben Hur*. Altamirano: *Cuentos de invierno*. Machado de Assis: *Memorias póstumas de Brás Cubas*. H. James: *Retrato de una dama*. Arte: Rodin: *El pensador*. Mueren Eliot, Flaubert y Offenbach. Empieza a configurarse el movimiento simbolista (Moreas, Baudelaire, Rimbaud, Verlaine, Mallarmé).	Tahití se convierte en colonia francesa. Primera guerra de los Boers.
1881	Nacen James Joyce y Virginia Woolf. Literatura: Flaubert: *Bouvard y Pécuchet* (póstumo). A. France: *El crimen de Silvestre Bonnard*. Stevenson: *Virginibus Puerisque*. Tennyson: *La copa*. Arte: Manet: *El bar del Folies-Bergère*. Música: Offenbach: *Los cuentos de Hoffmann*. Mueren Dostoievski, Carlyle y Longfellow. Fundada en Roma la revista *Crónica Bizantina* (participan Carducci, Verga, Scarfoglio, D'Annunzio).	Protectorado francés sobre Túnez.

	CONTEXTO CULTURAL	CONTEXTO HISTÓRICO
1882	Literatura: Stevenson: *Historia de una mentira y Nuevas noches árabes*. Ibsen: *Un enemigo del pueblo*. Villaverde: *Cecilia Valdés*. Arte: Gaudí: *La Sagrada Familia*. Música: Brahms: *Quinteto de cuerdas No. 1*. Wagner: *Parsifal*. Muere Trollope.	Triple Alianza: Alemania, Austria-Hungría, Italia. Se inician los atentados anarquistas en París.
1883	Nacen Kafka y Barba Jacob. Literatura: Stevenson: *La isla del tesoro*. Maupassant: *Una vida*. Arte: Monet: *Las ninfas*. Seurat: *Une baignade à Asnières*. Música: Brahms: *Tercera sinfonía*. Mueren Turguéniev y Wagner. Inauguración del Metropolitan Opera House de Nueva York.	
1884	Nace Bachelard. Literatura: Ibsen: *El pato salvaje*. Twain: *Huckleberry Finn*. Arte: Rodin: *Tres burgueses de Calais*. Música: Debussy: *El hijo pródigo*.	
1885	Nacen Lawrence, E. Pound y Mauriac. Literatura: Stevenson: *Jardín de versos infantiles*.	Conferencia de Berlín reparte África entre las potencias occidentales.

tiles. Maupassant: *Cuentos del día y de la noche*. Tennyson: *Los idilios del rey*. H. James: *Los bostonianos*. Traducción al inglés de *Las mil y una noches*. Filosofía: *Así hablaba Zaratustra*. Arte: Renoir: *Las grandes bañistas*. Van Gogh: *Aldeanos comiendo patatas*. Rodin: *La aurora*. Música: Brahms: *Cuarta sinfonía. Quinteto con clarinete*. Franck: *Variaciones sinfónicas*. Muere Victor Hugo.

1886

Nace Güiraldes. Literatura: Stevenson: *El extraño caso del Dr. Jekyll y Mr. Hyde*. Silva: *Poesías*. Rimbaud: *Las iluminaciones*. Chejov: *Cuentos*. Muere Liszt.

1887

Nacen Sitwell y Moore. Literatura: Tolstoi: *La muerte de Iván Ilich*. Mallarmé: *Poemas completos*. Conan Doyle: *Estudio escarlata*. Arte: Van Gogh: *El Padre Tanguy*. Seurat: *La parade de cirque. Les poseuses*. Boecklin: *La sirena*. Música: Verdi: *Otelo*. Debussy: *La joven elegida*.

1888

Nacen T.S. Eliot, Mansfield, O'Neill y Bernanos. Literatura: Stevenson: *La flecha negra*. Kipling: *Cuentos de las colinas*. Maupassant: *Pedro y Juan*. Chejov: *La estepa*.

1889		Rubén Darío: *Azul*. Filosofía: Nietzsche: *El caso Wagner*. Arte: Toulouse-Lautrec: *La caballista del Circo Fernando*. Van Gogh: *La habitación de Van Gogh*. Gauguin: *Visión después del sermón*. Música: Mahler: *Sinfonía Titán*. Muere Arnold.	
1890	De vuelta del servicio militar, inicia su vida en los "salones". Ofrece a diferentes revistas sus poemas, novelas y ensayos críticos.	Nacen Mistral y Chaplin. Literatura: Stevenson: *El señor de Ballantrae*. Melville: *Billy Bud*. Eça de Queiroz: *Las cartas de Fradique Méndez*. Twain: *Un yanqui en la corte del rey Arturo*. Filosofía: Bergson: *Ensayo sobre los datos inmediatos*. Arte: Gauguin: *El Cristo amarillo*. Van Gogh: *Autorretrato con oreja cortada*. Mueren Hopkins y Browning. Período provenzal de Van Gogh. Nace el expresionismo. Exposición universal de París: la Torre Eiffel.	

Nace Pasternak. Literatura: France: *Thais*. Ibsen: *Hedda Gabler*. Stevenson: *Baladas*. Zola: *La bestia humana*. Tolstoi: *Sonata Kreutzer*. Carrasquilla: *Simón el mago*. Arte:

1891

Van Gogh: *Campo de trigo con vuelo de cuervos.* Cézanne: *Cesto de manzanas.* Muere Van Gogh. Primera exhibición de película en Nueva York.

Acercamiento franco-ruso.

1892

Nacen Miller y Agatha Christie. Literatura: Hardy: *Tess de Uberville.* Lagerlöf: *La leyenda de Gosta Berling.* Conan Doyle: *Las aventuras de Sherlock Holmes.* Machado de Assis: *Quincas Borba.* Arte: Gauguin: *Calle de Tahití.* Mueren Melville y Rimbaud. Fundación de la *Revista Blanca* en Lieja y París (participan Regnier, Mallarmé y Gourmont).

Nacen Storni, Buck y Andric. Literatura: Ibsen: *El constructor Solness.* Stevenson: *El náufrago.* Yeats: *La condesa Cathleen.* Kipling: *Canciones del cuartel.* Shaw: *La profesión de la señora Warren.* Arte: Monet: *Las catedrales.* Cézanne: *Los jugadores de cartas.* Gauguin: *Ta Matete.* Toulouse-Lautrec: *En el molino rojo.* Muere Tennyson.

1893

Nacen Huidobro, Maiakovski y Miró. Literatura: D'Annunzio: *Poema paradisíaco.* Shaw: *El amante.* Música: Dvořák: *Sinfonía del nuevo mundo.* Tchaikovski: *Sinfonía*

	CONTEXTO CULTURAL	CONTEXTO HISTÓRICO
	patética. Verdi: *Falstaff*. Mueren Altamirano y Maupassant.	
1894	Literatura: Kipling: *Libro de la selva*. Shaw: *El héroe y el soldado*. Arte: Toulouse-Lautrec: *Salón de la rue des Moulins*. Música: Mahler: *Segunda sinfonía*. Muere Stevenson.	
1895	Nacen Éluard y Graves. Literatura: Hardy: *Judas el oscuro*. Stevenson: *Cartas de Vailima* (póstumo). Conrad: *La locura de Almayer*. Simkiewicz: *Quo Vadis*. Wells: *La máquina del tiempo*. Arte: Toulouse-Lautrec: *El baile de la Goulue*. *La payasa Cha-U-kao*. Cézanne: *Bañistas*. Música: Strauss: *Till Eulenspiegel*. Mahler: *Tercera sinfonía*. Mueren Isaacs, Martí y Engels. En París se crea la tienda Art Nouveau. Fundación del premio Nobel de la Paz.	Asesinada la emperatriz Elizabeth de Austria, en Ginebra.
1896	Nacen Dos Passos, Scott Fitzgerald, Artaud y Breton. Literatura: Chéjov: *La gaviota*. Rubén Darío: *Prosas profanas*. Arte:	Búsqueda de oro en Klondike.

1897

Gauguin: *Nave Mahana*. Música: Puccini: *La bohème*. Brahms: *Cantos serios*. Mueren Beecher Stowe y Verlaine.

Nace Faulkner. Literatura: Gide: *Los alimentos terrestres*. James: *Otra vuelta de tuerca*. Kipling: *Capitanes valientes*. Wells: *El hombre invisible*. Bram Stoker: *Drácula*. Rostand: *Cyrano de Bergerac*. Arte: Rodin: *Monumento a Balzac*. Ensor: *La muerte y la máscara*. Música: Strauss: *Don Quijote*. Dukas: *El aprendiz de brujo*. Mueren Daudet y Brahms.

1898

Tiene lugar el caso Dreyfus. Sin éxito alguno publica *Los placeres y los días*.

Nacen Brecht, Dámaso Alonso, Hemingway y Einstein. Literatura: Wells: *La guerra de los mundos*. Blasco Ibáñez: *La barraca*. Filosofía: Nietzche: *La voluntad de poder*. Arte: Gaudí: *Parque Güell*. Redon: *El cíclope*. Mueren Mallarmé y Lewis Carroll.

Guerra hispano-americana: Estados Unidos obtiene Guam, Puerto Rico y Filipinas. Independencia de Cuba. Por la cuestión colonialista se incrementa la tensión entre Francia e Inglaterra.

1899

Nacen Asturias, García Lorca, Kawabata, Borges y Hitchcock. Literatura: Tolstoi: *Resurrección*. Yeats: *El viento entre los juncos*. Música: Ravel: *Pavana para una infanta difunta*. Sibelius: *Finlandia*.

Comienza la segunda guerra de los Boers. Conferencia de la Haya.

	CONTEXTO CULTURAL	CONTEXTO HISTÓRICO
1900	Nacen Saint-Éxupery, Buñuel y Armstrong. Literatura: Conrad: *Lord Jim*. Machado de Assis: *Don Casmurro*. Filosofía: Husserl: *Investigaciones lógicas*. Ciencia: Freud: *La ciencia de los sueños*. Arte: Gauguin: *Noa-Noa*. Música: Puccini: *Tosca*. Muere Oscar Wilde.	En Italia, es asesinado Humberto I.
1901	Nacen Malraux y De Sica. Literatura: Chejov: *Tres hermanas*. Mann: *Los Budden-brooks*. Shaw: *César y Cleopatra*. Hudson: *El ombú*. Lagerlöf: *Jerusalem*. Eça de Queiroz: *La ciudad y las sierras*. Altamirano: *El zarco* (póstumo). Arte: Maillol: *El mediterráneo*. Schwabe: *Matrimonio del poeta y la musa*. Muere Verdi. Sully Prudhonnne gana primer premio Nobel de Literatura.	Establecimiento de un protectorado imperialista sobre Cuba con la enmienda Platt. Creación de la Commonwealth australiana. En Estados Unidos es asesinado Mckinley; le sucede Roosevelt.
1902	Nace Steinbeck. Literatura: James: *Las alas de las palomas*. Gorki: *Los bajos fondos*. Conan Doyle: *El sabueso de Baskerville*. Andréiev: *Abismo*. Arte: Maillol: *La noche*.	

1903		Música: Debussy: *Peleas y Melisanda.* Mahler: *Quinta sinfonía.* Muere Zola.	
		Nacen Caldwell, Lorenz, Orwell y Yourcenar. Literatura: Conrad: *Tifón.* Chejov: *El cerezal.* H. James: *Embajadores.* Arte: Picasso: *La vida.* Fundación de la Academia Goncourt.	Pío X, papa.
1904		Nacen Carpentier, Greene, Monteverde, Neruda y Dalí. Literatura: James: *La copa de oro.* Pío Baroja: *La busca.* Andréiev: *La risa roja.* Música: Puccini: *Madame Butterfly.* Mahler: *Sexta sinfonía.* Mueren Chejov y Dvorak.	Guerra ruso-japonesa con victoria de Japón.
1905	Traduce las obras más importantes del historiador de arte inglés John Ruskin. Muere su madre el 26 de septiembre.	Nace Sartre. Literatura: Rilke: *Libro de horas.* Darío: *Cantos de vida y esperanza.* Azorín: *Los pueblos.* Arte: Matisse: *La alegría de vivir.* Gaudí: *La pedrera.* Picasso: *Familia de Saltimbanquis.* Música: Falla: *La vida breve.* Strauss: *Salomé.* Debussy: *La mer.* Ciencia: Einstein: *Electrodinámica de los cuerpos en movimiento.* Muere Verne.	Revolución en Rusia.
1906		Nace Beckett. Literatura: Musil: *Las tribulaciones del joven Törles.* Gorki: *La madre.*	

MARCEL PROUST	CONTEXTO CULTURAL	CONTEXTO HISTÓRICO
1907	Galsworthy: *La saga de los Forsythe*. Arte: Picasso: *Las señoritas de Aviñón*. Braque: *El puerto de Amberes*. Casas: *La huelga*. Música: Schönberg: *Primera sinfonía de cámara*. Mueren Ibsen y *Cézanne*.	
1908	Nace W. H. Auden. Literatura: Yeats: *Deirdre*. Benavente: *Los intereses creados*. Arte: Derain: *Los bañistas*. Duchamp-Villon: *Torso de mujer*. Filosofía: Bergson: *La evolución creadora*. W. James: *Pragmatismo*. Kipling: premio Nobel de Literatura.	Constitución de la Triple Alianza (Gran Bretaña, Francia y Rusia).
	Nace Beauvoir. Literatura: Chesterton: *El hombre que fue jueves*. France: *La isla de los pingüinos*. Blasco Ibáñez: *Sangre y arena*. Arte: Chagall: *Desnudo en rojo*. Klimt: *El beso*. Música: Ravel: *Mi madre la osa*. Muere Machado de Assis. Nacimiento de Hollywood. Exposición cubista en la Galería Kahnweiler.	

1909

Comienza a escribir *En busca del tiempo perdido*. En adelante, y hasta su muerte, consagrará todos sus esfuerzos a la realización de su obra maestra.

Nacen Spender, Alegría y Onetti. Literatura: Gide: *La puerta estrecha*. Maeterlinck: *Pájaro azul*. Valle Inclán: *Gerfaltes de antaño*; *El resplandor de la hoguera*. Arte: Marinetti: *Manifiesto futurista*. Léger: *Desnudos en el bosque*. Música: Schönberg: *Piezas para orquesta Op. 16*. Webern: *Movimientos para cuarteto de cuerda, Op. 5*. Los ballets rusos en París. Muere I. Albéniz.

1910

Nace J. Anouilh. Literatura: Rilke: *Los apuntes de Malte Laurids Brigge*. Tagore: *Ofrenda lírica*. Arte: Kandisky: *Acuarela abstracta*. Matisse: *La danza*. Boccioni: *La ciudad se levanta*. Música: Stravinski: *El pájaro de fuego*. Webern: *Piezas para orquesta, Op. 6*. Muere Tolstoi.

Sudáfrica se convierte en dominio británico. En España, Canalejas asume el poder.

1911

Nacen T. Williams, E. Bishop y Sábato. Literatura: Mansfield: *En una pensión alemana*. Chesterton: *La inocencia del padre Brown*. Arte: Duchamp: *Desnudo bajando una escalera No. 1*. Música: Debusy: *El martirio de San Sebastián*. Strauss: *El caballero de la rosa*. Granados: *Goyescas*. Maeterlinck, premio Nobel de Literatura.

Crisis de Agadir entre Francia y Alemania. En España, fundación de la CNT.

	MARCEL PROUST	CONTEXTO CULTURAL	CONTEXTO HISTÓRICO
1912		Nacen Durrell, Ionesco y J. Amado. Literatura: Rolland: *Jean Christophe.* Shaw: *Pygmalión.* Machado: *Campos de Castilla.* Claudel: *La anunciación de María.* Arte: Kandinsky: *Lo espiritual en el arte.* Música: Ravel: *Dafnis y Cloe.* Debussy: *Juegos.*	Guerra italo-turca; Italia obtiene Tripolitania, Cirenaica y Dodecanes. China es proclamada República. En España, asesinado Canalejas. Estados Unidos invade Nicaragua.
1913	*Por el camino de Swann* es finalmente publicada luego de que fuera rechazado en tres ocasiones. Proust debe asumir los gastos de impresión.	Nacen Camus y Arguedas. Literatura: Lawrence: *Hijos y Amantes.* Fournier: *El gran Meaulnes.* Música: Stravinski: *Consagración de la primavera.* Filosofía: Unamuno: *Del sentimiento trágico de la vida.* Ciencia: Freud: *Tótem y tabú.* En Nueva York, exposición en la Armory Show.	Primera guerra de los Balcanes. El entente balcánico (Serbia, Bulgaria, Grecia y Montenegro) va sobre Turquía. Independencia de Albania. Segunda guerra de los Balcanes. Bulgaria es derrotada en Grecia y Serbia.
1914		Nacen D. Thomas, Paz, Cortázar y Bioy Casares. Literatura: Gide: *Los sótanos del Vaticano.* Joyce: *Retrato del artista adolescente.* Unamuno: *Niebla.* Arte: Kandinsky: *Improvisación.* Picasso: *Jugador de cartas.* Música: Webern: *Piezas para orquesta, Op. 10.* Prokofiev: *Suite escita.* Filosofía: Russell:	Estalla la primera guerra mundial con el asesinato del archiduque Francisco Fernando de Austria en Sarajevo. Estados Unidos se convierte en proveedor de alimentos y material bélico para los aliados, inicia una etapa de crecimiento económico y se incorpora al grupo de las potencias

1915	*Nuestro conocimiento del mundo exterior.* Inauguración del Canal de Panamá.	mundiales. Guerra entre Rusia y Alemania. Finalizan las obras del Canal de Panamá. Invasión de Francia por el ejército alemán; batalla del Marne. Benedicto XI, papa.
	Nacen Bellow y Barthes. Literatura: Lawrence: *Arco Iris.* Kafka: *La metamorfosis.* Maiakovski: *La nube en pantalones.* Lee Masters: *Spoon River Anthology.* Ortega y Gasset: *Meditaciones del Quijote.* Arte: Duchamp: *La casada desnuda por sus solteros.* Música. Falla: *El amor brujo.* Berg: *Piezas para gran orquesta.* Debussy: *12 estudios.* Romain Rolland, premio Nobel de Literatura.	Fracaso de la campaña de los Dardanelos contra Turquía.
1916	Arte: Modigliani: *Paul Guillaume.* Sorolla: *Niños en la playa.* Ciencia: Einstein: *Elementos de la teoría de la relatividad general.* Mueren Rubén Darío y London. Fundación del movimiento Dadá.	Fracaso de la revolución en Irlanda. Batalla de Somme.
1917	Nace Böll. Literatura: Pirandelo: *A cada uno su verdad.* T. S. Eliot: *Prufrock and Other Observations.* Huidobro: *Horizonte cuadrado.* Jiménez: *Platero y yo.* Arte: Modigliani: *Desnudo recostado.* Música: Prokofiev: *Sinfonía*	Revolución Rusa; los bolcheviques toman el poder; el zar es derrocado. Estados Unidos entra en la guerra al lado de los aliados. Batallas de Aisne, Flandes y Argonne.

	CONTEXTO CULTURAL	CONTEXTO HISTÓRICO
1918	clásica. Ciencia: Freud: *Introducción al sicoanálisis*. Creación de los premios Pulitzer. Iniciadores del arte pictórico abstracto se unen en la revista *De Stijl*.	
	Nacen Soljenitsyn y Bergman. Literatura: Apollinaire: *Caligramas*. Música: Stravinsky: *Rag-time*, *Historia del soldado*. Historia: Spengler: *La decadencia de occidente*.	Fin de la guerra tras el fracaso de la última ofensiva alemana; abdicación del emperador alemán Guillermo II.
1919	Literatura: Maugham: *La luna y seis peniques*. Rolland: *Colas Breugnon*. Pound: *Los santos*. López Velarde: *Zozobra*. Arte: Bonnard: *Desnudo ante el espejo*. Música: Prokofiev: *El amor de los tres naranjas*. Falla: *El sombrero de tres picos*. Bartók: *El mandarín maravilloso*. Ravel: *La valse*. Historia: Huizinga: *el otoño de la Edad Media*. Ciencia: Watson: *La sicología desde el punto de vista de un conductista*. Lingüística: Saussure: *Curso de lingüística general*. Muere A. Nervo.	Establecimiento de una República Parlamentaria en Alemania (República de Weimar). Tratado de Versalles. En Estados Unidos se vive una intensa agitación social.
	A la sombra de las muchachas en flor obtiene el premio Goncourt. Es editado por Gallimard quien, poco tiempo atrás, rechazara algunos de los manuscritos del novelista.	

1920	Nacen B. Vian y Fellini. Literatura: Scott Fitzgerald: *De este lado del paraíso.* Valle-Inclán: *Luces de bohemia; Divinas palabras.* Música: Turina: *Sinfonía sevillana.*	La Sociedad de las Naciones (SDN) se reúne por primera vez; los americanos no toman parte. Guerra civil en Irlanda. En Alemania aparece el partido Nazi. Resistencia pasiva de Gandhi en la India.
1921	Literatura: D. Alonso: *Poemillas de la ciudad.* Pirandello: *Seis personajes en busca de autor.* O'Neill: *El emperador Jones.* Breton: *Los campos magnéticos.* Arte: Picasso: *Tres músicos.* Mondrian: *Composición con rojo, amarillo y azul.* Música: Berg: *Wozzeck.* Honegger: *El rey David.* Muere Saint-Saëns. A. France, premio Nobel de Literatura.	Campañas del Rif.
1922 Muere el 18 de noviembre.	Literatura: T. S. Eliot: *La tierra baldía.* Galsworthy: *La saga de los Forsyte.* J. Joyce: *Ulises.* Hesse: *Siddharta.* Sinclair Lewis: *Babbitt.* Arte: Miró: *La espiga de trigo.* Filosofía: Wittgenstein: *Tractatus logico-philosophicus.*	Conferencia de Washington sobre desarme. Mussolini toma el poder en Italia. Pío XI, papa.

BIBLIOGRAFÍA

DAUDET, Lucien: *Autour de soixante lettres de Marcel Proust*, París, Gallimard, 1929.

FERNÁNDEZ, Ramón , *Proust*, París, Editions de la Nouvelle Revue Critique, 1943.

MAURIAC, François, *Du coté de chez Proust*, París, La table Ronde, 1947.

MAUROIS, André , *A la Recherche de Marcel Proust*, París, Librairie Hachette, 1949.

PAINTER, George, *Marcel Proust, Biografía*. 2 Tomos, Barcelona, Editorial Lumen, 1967.

QUEMNELL, Peter (compilador), *En torno a Marcel Proust*, Madrid, Alianza Editorial, 1974.

OTROS TÍTULOS DE LA COLECCIÓN

María, Jorge Isaacs.

El padre Casafús y otros cuentos, Tomás Carrasquilla.

El matadero, Esteban Echeverría.

El hombre muerto, Horacio Quiroga.

Clemencia, Ignacio Manuel Altamirano.

Misa de gallo y otros cuentos, Joaquim María Machado de Assis.

El holocausto del mundo, Nathaniel Hawthorne.

Bartleby, Herman Melville.

Poemas y prosas, José Asunción Silva.

Antología poética, Rubén Darío.

Tres novelas ejemplares, Miguel de Cervantes.

Carmen, Prosper Mérimée.

Don Segundo Sombra, Ricardo Güiraldes.

Memorias de un sargento de milicias, Manuel Antonio de Almeida.

Juego de niños y otros ensayos, Robert Louis Stevenson.

Tres cuentos, Gustave Flaubert.

Persuasión, Jane Austen.

El coronel no tiene quien le escriba, Gabriel García Márquez.

Tradiciones peruanas, Ricardo Palma.

La llamada de la selva, Jack London.

Todos los fuegos el fuego, Julio Cortázar.

Sobre la tierra calcinada, Salvador Garmendia.

Tres poetas norteamericanos, Whitman, Dickinson, Williams.

La línea de sombra, Joseph Conrad.

La máquina del tiempo, H. G. Wells.

Color local, Truman Capote.

Las lanzas coloradas, Arturo Uslar Pietri.

Veinte poemas de amor y una canción desesperada, Pablo Neruda.

Escritos satíricos, Jonathan Swift.

Poesía escogida, León de Greiff.

La mansión de Araucaíma —*Diario de Lecumberri*, Álvaro Mutis.

Bodas de sangre, Federico García Lorca.

Silas Marner, George Elliot.

Morada al sur y otros poemas, Aurelio Arturo.

Sombrero, abrigo, guantes y otros poemas, César Vallejo.

Los Sangurimas, José de la Cuadra.

El fantasma de Canterville, Oscar Wilde.

El gato negro y otros cuentos, Edgar Allan Poe.

La sirena y otros relatos, Giuseppe Tomasi di Lampedusa.

Cuento hispanoamericano, siglo XIX, Varios.

Manuel Pacho, Eduardo Caballero Calderón.

La luna y seis peniques, William Somerset Maugham.

Siete relatos, Isaak E. Babel.

La muerte de Iván Ilich, León Tolstoi.

Los adioses, Juan Carlos Onetti.

Cuentos brasileños del siglo XIX, Varios.